Paulo Coelho

Hippie

嬉皮記

保羅・科爾賀 著　陳佳琳 譯

喔！瑪利亞！
無原罪之始胎，
我等奔汝臺前，為我等禱告吧！
阿門。

有人告訴他說，你母親和你弟兄站在外邊，要見你。

耶穌回答說，「聽了神之道而遵行的人，就是我的母親，我的弟兄了。」

——《路加福音》（第八章第二十節）

我以為自己的旅程已盡，氣力耗竭，
——前方道路已然封閉，糧食用罄，是時候默默尋求隱身處了。
但我發現汝之意志在我身上毫無羈絆，
當古老語言在舌尖消逝，
嶄新樂音又從心頭汩汩湧上；
昔日荒徑已不復見，
全新田疇奇景豁然開展眼前。

——泰戈爾

獻給從我認識他們後，
便一路伴隨我的卡比爾、魯米、泰戈爾、聖保羅與哈菲茲，
他們撰寫我部分的人生故事，
我將時時引用他們的話語。

以下故事來自我的個人經歷，我已經更動了事情發生的順序、人名與細節，並且不得不濃縮部分情境，但內容為本人親身經歷，真人真事，我使用第三人稱，只因為能給每一位主角人物獨特的發生機會，誠實描述勾勒他們的人生。

KATHMANDU
Love
Amsterdam
Stanbul
Teheran
Kabul
Delhi
Kathmandu

一九七〇年九月，兩大地點激烈競爭，亟欲取得「世界中心」的稱號：倫敦的皮卡迪利圓環與阿姆斯特丹的水壩廣場。但並不是每個人都知道：如果你問大多數世人，他們會告訴你：「世界中心就在美國白宮與蘇聯的克里姆林宮。」大家取得資訊的管道，全都來自過氣的報紙、電視、廣播等傳統媒體，其實它們再也不如早年問世時那般神聖權威了。

一九七〇年九月，飛機票貴到令人咋舌，旅行是有錢人的專利。呃，倒不盡然，另外，還有一大群年輕人也正行遍地球各個角落，但上述主流媒體只看得見這族群的奇特：長髮披肩、服裝鮮豔，從不洗澡（這根本胡說，不過孩子們也沒看報紙，老一輩則深信新聞的一字一句，認定他們「對社會大眾與善良風俗有害」）。此族群更被辛勤工作、孜孜不倦想成功的年輕同輩唾棄，鄙視他們主張的「自由性愛」及各種低俗淫蕩的舉動。然而，這群年輕人自有一套傳播消息的系統，不屬於他們的人根本渾然未察。

所謂的「地下郵報」，懶得報導全新的福斯車款或市場剛推出的新型洗衣粉。它的新聞只聚焦在崇尚「自由性愛」、不重視品味的骯髒孩子身上，為他們報導值得探索的偉大路徑。他們之間的女孩，總是留著長髮辮，在髮絲間插滿鮮花，身著飄逸長裙，亮麗的上衣底下從來不穿胸罩，只是叮叮噹噹掛了許多形狀尺寸不一的項鍊；男孩們的頭髮與鬍子已經好幾個月沒有修剪了。大夥身穿褪色破爛的二手牛仔褲，當時除了美國，其他地方的牛仔褲價格都很昂貴。它們出自簡陋工廠，卻能一舉登上舊金山地區的大型露天時尚服裝展。

「地下郵報」之所以存在，是因為這群人願意不辭遠近，奔赴各地參加音樂會，討論接下來可以在哪裡見面，該如何避開傳統行程——畢竟它不外乎搭遊覽車、聽導遊滔滔不絕描述景點，落得老人打瞌睡、年輕人無聊透頂。此外，歸功於口耳相傳，大夥總能得知下一場演唱會的訊息，以及該如何著手尋覓另一條壯闊的探索之路。錢不是問題，因為這些人最愛的作家不會是柏拉圖或亞里斯多德，或是畫漫畫出名的藝術家；他們人手一本《一天五美元行遍歐洲》[1]就能周遊歐陸。有了這本書，人人都可以找到住宿、景點、餐廳，會面地點與現場演唱會，而且幾乎不花半毛錢。

作者弗洛默當時唯一的失算就是只介紹了歐陸景點。其他地點不有趣嗎？可能有人寧可到印度也不想去巴黎啊！幾年後，弗洛默修正了這個錯誤，但當時「地下郵報」早已自行推出一條以「失落」古城馬丘比丘為終點的南美之旅，更要求讀者不得洩露內容給嬉皮文化圈外的人，以免珍貴的野生動物受到過多相機侵擾，古老的文化遺址也被過度探索（而且過早遺忘）。先民創造這座隱匿古城時，就是不希望它被外界發現——一直到人類學習飛行後，這遺世瑰寶才被人從空中發現。

為了公平起見，在此得告訴大家：當時市面還有另一本暢銷書，當然沒有弗洛默的旅遊書暢銷——他的讀者多半對社會主義、馬克思思想與無政府主張深感興趣；但上述主張不免流於「工人勢將掌權」或「宗教乃群眾的鴉片」等俗套的宣傳話術，卻又突顯了群眾對這一類意識形態的瞭解不深，甚至搞不清楚鴉片究竟是什麼東西：這群穿著簡陋襤褸的年輕人信奉的是上帝、眾神、諸女神、天使之類的角色。第二本暢銷書——由法國人路易·鮑威爾斯（數學家／前間諜／對怪力亂神信奉不悖的傢伙）及俄國人雅克·貝爾吉爾共同撰寫的《魔法師的清晨》[2]，內容與這些政治教義正好完全相反。他們主張世界是由最有趣的人事物組成，包括煉金術士、巫師、卡特里派、聖殿騎士等等，此書的怪誕讓它沒有大賣特賣，但一本書至少經手十位讀者，讓它在書市的價格飆高。總而言之，書中提到馬丘比丘，一夕間，人人都想去秘魯，各地的年輕人開始在當地出沒群聚（嗯，說世界各地有點過頭了，畢竟當年東歐居民尚且無法自由出境）。

1 作者為弗洛默（Arthur Frommer），一九五〇年代駐歐的美國軍人，退役後寫了《一天五美元行遍歐洲》（*Europe on 5 Dollars a Day*），一九五七年出版。（編按）

2 *The Morning of the Magicians*，一九六〇年出版。（編按）

還是回到故事主軸：全球的年輕人至少設法拿到了一項無價之寶：「護照」，得以在這些所謂的「嬉皮小徑」相遇。沒有人確切知道「嬉皮」二字的由來，當然這也不重要了。它可能指「一大群烏合之眾」或「不偷不搶的罪犯」，或者前述那些不重視穿著打扮的族群。

護照是各國政府發行的小冊子，有時會與現金一起收好（錢多錢少無所謂），大家會放在腰間小包，它主要有兩大功能：其一，可以拿它跨越國界，除非邊境官員平常沒看新聞，一見到這群奇裝異服、令人眼花的首飾及臉上不時帶著恍惚詭笑的年輕人，就馬上要他們回頭離開（這奇特狀態通常全因惡魔毒品作祟，媒體更言之鑿鑿，指年輕人完全照三餐嗑）。

護照的第二個功用是在持有者求助無門、金錢用罄的極端情況下，助他平安脫困。「地下郵報」甚至提供了相關資訊，告訴大家哪裡可以兜售護照。價格根據國家，價碼不一。瑞典護照由於人民理應金髮碧眼，因此值不了多少錢，只能轉售給同樣金髮碧眼、身材高大的人們，向來就不搶手。但巴西護照在黑市價碼很高——這個國家不僅有金髮碧眼、身材高大的人民，也有身材矮小的國民，甚至還有人天生皮膚雙眸暗沉烏黑，此外，國內也有眼睛細長的亞洲人、混血兒、印度裔阿拉伯人與猶太人；換句話說，巴西兼容並蓄的民族熔爐特質使它的護照成為世上最炙手可熱的商品之一。

只要護照原主人將它脫手了，他接下來便可前往祖國的領事館，裝作滿臉慌亂焦慮，告訴對方自己被人洗劫一空——沒有護照，也沒錢了。如果是富國領事館，便會立刻提供一本新護照與免費機票讓此人返回原籍國，但當事人絕對立即婉拒，聲稱有他人「欠我一大筆錢，我需要在離開之前，將那筆錢拿回來」。而窮國領事館往往有軍系政府的嚴酷政權把持，他們會進行一連串苛刻審訊，判斷申請人是否為列入通緝中的「恐怖分子」名單。一旦他們證實這位年輕人紀錄清白，這些國家會不顧當事人意願，發一本新的護照。不過，他們不會提供免費回國機票，因為他們不認為頹廢的年輕世代需要回國影響家鄉那群尊重上帝、家庭價值與財產的國家棟梁。

回到小徑：繼馬丘比丘之後，其他熱點區分別是玻利維亞的蒂亞瓦納科與西藏拉薩，後者不易入境，根據「地下郵報」，當地喇嘛與中國軍隊交戰激烈，全面性的戰爭應該不至於發生，但眾人寧可小心應對，免得長途跋涉到異國他鄉，最終卻淪為喇嘛或軍隊的階下囚。當時幾位最偉大的哲學家，在那一年四月才分道揚鑣，都曾齊聲表示當代最偉大的智慧導師就在印度。這句話足以鼓動年輕人前往印度尋求心靈啟發與開導、追尋知識與大師、保持清貧的能力，以及與偉大上帝交流的良機。

然而，「地下郵報」也曾警告，披頭四樂團尊崇的知名宗師瑪哈禮希．瑪赫西．

優濟曾試圖與女星米亞・法蘿發生關係。這名女演員多年來愛情路走得很坎坷，她受披頭四的邀請前往印度，或許期盼到當地療癒她對愛與性的困擾，畢竟它們猶如終身業障般，不斷追殺她。

但一切證據都顯示，法蘿的業障窮追不捨，跟著她、約翰、保羅、喬治與林哥。法蘿自己說過，當她到偉大覺知者的洞穴冥思時，對方卻用力抓住她，想強迫她跟他發生關係。此時林哥早已回到英國，因為他妻子討厭印度食物，保羅也決定離開，因為這些冥思對他毫無效果。

只有喬治與約翰仍留在瑪哈禮希的寺廟，法蘿立刻找上他們，淚流滿面地告訴他們事情經過。兩人立即收拾好行李，當那位覺知大師問發生了什麼事時，藍儂非常不爽，只回答：

「你他媽的算什麼覺知大師？你自己好好想想吧。」

一九七〇年九月時，女性統治了世界——確切地說，年輕的嬉皮女性統治了世界。無論她們走到哪裡，男人都知道這群女人不會被最新的趨勢誘惑——她們對時局議題的瞭解遠超過男人，於是，男人們立刻決定自己其實是需要這些意志堅強的女子的；他們總是一臉嚮往，彷彿在乞求：「拜託在我獨自一人時好好保護我，我無依無靠，世界大概把我遺忘了，連愛情也永遠離棄了我。」女人們卻深知自己要的是哪種男人，從來不考慮婚姻，只想享受狂放激烈的性愛。涉及到重要議題時，儘管最膚淺或無關緊要的事，她們也會表達自己的最終意見，更希望眾人聽從。不過，在「地下郵報」報導米亞．法蘿的性侵事件以及藍儂的反應時，這些女子當下決定改變行程。

一條全新的嬉皮小徑出現了，從阿姆斯特丹（荷蘭）到加德滿都（尼泊爾）的巴士車錢差不多要一百美元，行經的國家都很有趣：土耳其、黎巴嫩、伊拉克、伊朗、阿富汗、巴基斯坦以及印度的一部分（離瑪哈禮希的寺廟很遠）。旅行需要三星期，涵蓋數百哩。

卡菈坐在水壩廣場，自問能陪她展開神奇探險的人（當然，此時她也只能想像）究竟何時會現身。她辭去了在鹿特丹的工作，那裡離這裡只需搭一小時的火車，但由於她得省下每一分錢，於是她搭了別人的便車，整整花了一天才抵達這裡，她在十多份另類媒體中，發現前往尼泊爾的巴士旅行，這些媒體全數來自一群人孜孜不倦的努力，辦一份不用花多少錢的報紙，讓外界認識一個他們想介紹的世界。

等了一個多星期後，她越來越焦慮。她找上來自十幾個不同國家的年輕人，大家都只想待在小廣場，但這裡除了一尊裸男雕像，什麼都沒有，但就算看到雕像之外，也該激發男人的氣魄與蠻勇吧？沒有，他們沒人有意願長途跋涉到陌生異地。

這不是距離的問題：他們多數來自美國、拉丁美洲、澳洲與其他機票價格高昂的國家，更曾在邊境檢查哨遭受刁難，鋃鐺入獄，還來不及看到世界兩大首都就被迫回到原籍國。到了這裡，他們只願坐在不顯眼的廣場角落抽大麻享受人生，因為這裡的警察完全不會在意。況且不久之後，他們有可能會被這座城市的眾多教派與邪教綁架吸收。他們早就忘記——至少此時此刻不會想到——自己這輩子被屢屢教誨：**兒子啊，你要上大學，把這頭亂髮給剪了，不要讓你爸媽丟臉，有人會說（究竟是什麼人？）我們沒把你教好。不管你在聽什麼，現在不是你聽音樂的時候，去**

找個正當的工作，看看你弟弟（或妹妹）年紀比你輕，已經可以自食其力，不用跟我們拿錢。

這群人遠離家人沒完沒了的碎唸，自由自在。歐洲很安全（只要他們不去穿越大名鼎鼎的「鐵幕」，跑到共產主義國家），他們已然心滿意足，因為行萬里路，讀萬卷書，更不用對父母多做解釋。

「爸爸，我知道你希望我拿到學位，但我隨時都可以回學校念書，我現在最需要的，就是累積經驗。」

父親們無法理解這種邏輯，於是孩子只能自己慢慢攢錢，能賣掉的東西就賣一賣，趁家人睡覺時偷偷溜出家門。

卡菈周圍全是這群有勇氣追求自由，渴望獲取經驗的年輕朋友。那麼，為何不一起搭巴士去加德滿都？因為那裡不是歐洲，他們回答。我們不知道那裡是什麼狀況。如果在這裡出了什麼事，我們還可以到領事館，請他們送我們回家（卡菈本人沒聽過這種事，但大家總是傳說這絕對可行，眾人一傳十、十傳百後，如今儼然成了事實）。

她殷殷等待可以當「旅伴」的男人已經進入第五天了，她越來越絕望——這次她選擇住在背包旅舍，以便可以買到魔法巴士的車票（這是巴士的正式名稱，票價一百美元，車程數百哩）。她決定到水壩廣場前，找自己熟悉的那位靈媒。她那裡沒什麼客人——一九七〇年九月，大家若非具有超能力，就是正在開發中。卡菈是個實際的女人，她天天冥想，也確信自己的第三隻眼已經打開（額頭中央一個看不見的點）。但到目前為止，她生命中出現的男人都跟她不怎麼對盤，即使她的直覺向她保證，他們全都很不錯。

所以，她決定找上靈媒。尤其是她等了許久（一星期已經過去了！這簡直是永恆！），她開始覺得自己該找的是女性旅伴。當然，兩個女人結伴橫越許多國家，聽起來就是個自殺行為。首先，大家一定對她們沒有好臉色看，而且，若是硬要相信她外婆的論點，最糟糕的狀況是，她們會被當成「白人性奴」販賣（她總認為這個詞帶著情色意味，所以完全不想親身體驗）。

這位名叫蕾拉的靈媒比卡菈年長幾歲，今天一襲白衣，滿臉微笑宛若天使下凡，看來，與崇高存在接觸的人類都會有這種招牌笑容，她對卡菈鞠躬（終於有人來替我付今天的房租了，她心裡肯定這麼想）。她請卡菈坐下，接著稱讚卡菈挑中了房間的能量中心。卡菈也假裝自己真的打開第三隻眼，但潛意識警告她，蕾拉見了誰都說一樣的話——更準確地說，對少數光顧此處的顧客都會這麼說。

這都無關緊要了。蕾拉點燃線香（「這是尼泊爾的線香。」靈媒說，但卡菈知道這線香根本就是本地製造的——當時，只要與嬉皮扯上關係的線香、項鍊、蠟染襯衫及生產和平標誌與花朵補丁的各個行業全都蓬勃發展）。蕾拉開始洗牌，要求卡菈切牌，將三張牌放在桌面，進行最傳統的解讀方式。卡菈打斷她。

「我今天不是為這個來的。我只想知道，我究竟會不會找到人跟我一起去妳剛才說的地方——」她將重音放在**妳剛才說的地方**，因為她不想招來壞的業障；如果她只說**我想去的地方**，搞不好她最終發現自己跑到阿姆斯特丹某處生產線香的鄉下「——妳剛才說的那個線香的產地。」

蕾拉微笑，但她的內心風向已經變了——在如此莊嚴的時刻被對方打斷令她怒火中燒。

「當然，沒問題。一定會的。」每位靈媒與塔羅牌占卜師的責任，就是告訴客戶他們想聽的答案。

「什麼時候？」

「明天結束之前。」

這答案讓兩人頓時訝異不已。

這是卡菈第一次覺得另一個女人在告訴她事實：畢竟對方的語氣正面積極，感同身受，那聲音猶如來自另一個宇宙。但蕾拉則被恐懼淹沒了，她很少遇過到這種情形——她害怕自己因為進入一個虛實難辨的世界而遭受天譴。每天晚上她虔心祈禱，想證明自己的行為並沒有錯，畢竟她在世間的功用就是要協助眾人用更正面的態度面對一切。

卡菈從她的能量中心站起來，付了一半的費用，在她等待的男人出現前趕緊離開。「明天結束之前」，這答案很模糊，有可能就是今天。但無論如何，她知道她會等到人的。

她回到水壩廣場，坐回剛才的位置，打開她一直在讀的書，當時只有幾個人知道它（所以作者才在異教徒間倍受推崇）：托爾金的《魔戒》，奇幻國度的故事，很類似她想造訪的地方。她假裝不搭理那些偶爾跑來吵她的年輕男人，他們問的問題都很笨，為了搭訕講出一些蠢話。

保羅與來自阿根廷的旅伴討論了所有可能的情形，兩人遠眺眼前的平坦地貌，心思早已飄向遠方——抵達荷蘭國界時，他們仍然承載著過去的記憶、名字、好奇心，以及最關鍵的深刻憂懼，擔心可能會發生的狀況。現在他們離邊界不到二十分鐘了。

保羅將長髮塞進大衣。

「你以為這樣就能騙過警衛？」阿根廷人問。「他們什麼都見識過了。」

保羅放棄了。他問旅伴為何似乎不怎麼擔心。

「我當然擔心。而且我的護照還有兩個荷蘭海關戳記，他們一定會覺得我來得太頻繁了。這可能只代表一件事。」

運毒。但就保羅所知，毒品在荷蘭是合法的。

「當然沒有。他們取締所有鴉片類毒品。當然包括古柯鹼。啟靈藥比較困難，因為只要拿一張紙或一塊布泡進去，將它們切碎或撕碎就可以販賣。但不管找到什麼，都可以讓你坐牢。」

保羅認為現在最好不要繼續討論了。他急切想知道旅伴是否真的帶了什麼在身上，但光是知道對方隨身攜帶的物品，也足以讓他成為共犯。他曾經入獄一次，那

次他完全無辜——地點就在當地每一個機場大門都看得見的廣告標語：**巴西，愛它，要不就離開它，**

當我們設法屏除消極思緒時，大腦只會吸引更多惡魔般的能量，對保羅而言，回憶一九六八年的往事不只讓他心跳加速，更使他必須重溫那一晚在巴西巴拉拿州蓬塔格羅薩某間餐廳發生的痛苦細節。當地最知名的活動，就是會發行護照給金髮碧眼的男女。

他剛從當時最熱門的嬉皮小徑之旅回來，這是他人生第一趟長途旅行。他與大自己十一歲的女友同行，她出生成長於共產黨統治的南斯拉夫，原為貴族世家，卻因革命失去了一切，但至少父母提供她良好教育，讓她學習四種語言，跑到巴西嫁給有錢人。後來她離婚了，因為她發現前夫認為三十三歲的她已經「老」了，勾搭上一名十七歲少女。她找了一位紅牌律師，替她爭取補償自己的損失，讓她這輩子衣食無虞，再也不用工作。

保羅與女友出發準備搭上前往馬丘比丘的死亡列車，這是當時比較與眾不同的運輸方式。

「為什麼叫『死亡列車』？」他女友問查票員。「我們又不是貼著峭壁走。」

保羅並不想聽對方的回應，但還是聽見了。

「早年這些車廂曾經用來運送痲瘋病患、重病患者，以及當時肆虐聖克魯茲地區的黃熱病死者。」

「我想後來消毒工作應該做得很徹底吧。」

「從來沒有出現傷亡意外，除了一兩位礦工曾經想把車廂連接閂拔起來，一了百了。」

他這裡提到的「礦工」不是指那些出生在保羅故鄉，巴西礦產最豐富的米納斯吉拉斯地區的人們，而是那些日以繼夜在玻利維亞錫礦勞動的工人。嗯，如今這是文明世界；他衷心希望不會有任何人想要拔鬥，看見大部分的旅客都是穿著五彩繽紛的女孩，讓他著實鬆了一口氣。

他們抵達海拔一萬兩千呎的首都拉巴斯，由於是搭火車緩緩上山，他們幾乎完全感覺不到稀薄空氣的影響。下了車之後，他們看見一位看打扮就知道他屬於哪個部族的男人坐在地上，看起來有點神智不清，兩人上前表達了一點關心（「我不能呼吸了」）。路過的民眾要這傢伙嚼點古柯葉，說附近攤販都可以買得到。這是住在高海拔的人們用來因應高度的作法。不久，年輕人就說自己好很多了，也請他們不用管他——他那天就要出發去馬丘比丘了。

他們下榻的旅館櫃檯人員將保羅女友叫到一旁，講了幾句話，然後完成登記手續。他們走到房間，倒頭就要睡了，但保羅問她剛才飯店的人說了些什麼。

「前兩天先不要做愛。」

這很容易理解。他也沒體力做任何事。

他們在玻利維亞首都過了兩天無性生活，外出時絲毫不受高山症影響。他與女友都歸功於古柯葉的療效，但事實上，古柯葉與它無關；高山症只出現在從地表迅速爬升到高處的人身上——也就是搭飛機的乘客——因為沒有時間讓身體好好適應。保羅與女友在「死亡列車」度過了漫長的七天，這是適應環境高度最理想的方式，遠比搭機更安全——在聖克魯茲德拉塞拉機場，保羅曾經看過一個紀念碑紀念那些「英勇殉職的飛行員，在值勤時犧牲他們的性命」。

在拉巴斯時，他們遇上了第一位嬉皮族，這些人已經成了一個全球性的部落，也意識到自己欠缺的責任與團結，因此總是身穿繡有倒過來的維京盧恩文符號。玻利維亞人人穿著豔麗的披肩、夾克、襯衫和西裝，要是沒有繡在夾克或褲管的符號，彼此根本不可能知道誰是誰。

他們遇上的第一批嬉皮是兩個德國人以及一位加拿大女子。保羅女友會講德語，不久她就被一起找去城裡走走，他與加拿大女子互看一眼，不太確定要說些什麼。半小時後，另外三個人散步回來，一致決定應該立即離開，不要繼續在這裡花錢了：他們要登上世界緯度最高的淡水湖，搭船橫渡水域，直到另一端陸地，那裡就是秘魯領土，接下來直接朝馬丘比丘前進。

如果他們抵達的的喀喀湖岸時（世上海拔最高的可航行淡水湖），沒有站在那古老遺址太陽門之前，一切都會按照原本的計畫進行。遺址前有許多嬉皮，大家手牽手，似乎在進行某種儀式，他們很害怕打斷這群人，同時又很希望自己能夠參與其中。

一名年輕女子看見他們，默默對他們點頭招手，他們全都過去跟大家坐在一起。沒必要解釋這些人為什麼在那裡了；古老石砌大門解釋了一切。石門上半部中央有一道裂縫，或許是雷擊造成，不過精細樸實的淺浮雕堪稱真正的奇觀，它是時代的守護者，提醒人類早已被遺忘的過去，並期待能鐫刻在文化記憶中，永誌不朽。它由單一石塊雕刻而成，上方為天使與神祇，早已失落的文化符號，根據當地人的說法，這文化將在地球被人類的貪婪毀滅之前，再次復甦拯救世人。保羅在可以遠眺的的喀喀湖的大門口哭了，他感覺自己觸及打造這座古門的先人——他們匆匆遺棄此地，來不及完成工作，擔心某事即將降臨或某人就要出現，要求他們立刻停止。呼喚他們的年輕女子微笑了，她的眼中閃現淚光。其他人雙眼閉上，輕聲與先靈對話，尋覓將他們引到此地的神祕力量，敬拜尊重這偉大的奧祕聖地。

想學習魔法的人應該先環顧四周。神希望傳達給人的一切早已呈現在眼前，也就是所謂的太陽敬拜。

太陽敬拜屬於萬物——它並不專屬博學者或無知民眾，它屬於眾人。人類在生命的道路上，可以從最細微的事物找到能量；世界就是真正的教室，至高無上的大愛知道你還活著，會教導你應該知道的一切。

大家都很安靜，密切注意他們不太瞭解卻知道非常真切的事物。一位年輕女子用保羅聽不懂的語言唱起一首歌，有個年輕男人——這群人之間年齡最大的——站起來，張開雙臂，開始祈禱：

願天神賜予……

每一次風暴之後，都能出現彩虹，

每一滴眼淚乾了，就會泛起微笑，

一次又一次的考驗，只會帶來一個接著一個的承諾，

每一趟旅程，都能蒙福。

人生中的困頓苦痛，

都能有忠實的朋友分享，

嘆息過後，就會聽見甜美的旋律，

就在這一刻，一艘船發出汽笛聲，它原本是一艘英國人打造的郵輪，拆解之後運送到智利某座城市，然後一片片由騾子背馱到一萬兩千呎的高山深處，也就是高山湖的所在地。

大家上了船，準備出發到印加文明的失落之城。

接下來的日子，大家終身難忘——除了神的子民，很少有人真正抵達那裡，這群自由放浪的靈魂無所畏懼，準備面對未知。

他們睡在沒有屋頂的廢棄小屋，凝視點點繁星；他們做愛；他們吃自己帶來的儲備糧食。每天，他們在高山河流裸泳，討論居民信奉的神祇或許來自外太空，正好登陸在當地。他們全都讀過同一本書，那位瑞典作家經常將印加圖騰解釋為來自星辰的遊人創作；大夥聽說過有個叫羅桑．倫巴的西藏喇嘛，指證歷歷，說自己會打開他人的第三隻眼——結果有一天，一位英國人告訴坐在馬丘比丘中心廣場的眾人，所謂的喇嘛名叫西瑞爾．亨利．霍斯金，根本就是個來自英國鄉間的水電工，大家才發現他是個騙子，而且達賴喇嘛早就駁斥這個人的存在。

大家頓時失望不已，畢竟他們跟保羅一樣，確信自己的兩眼間確實有某種叫做松果體的腺體，但當時科學家尚未發現它的用處。換言之，第三隻眼真正存在——

儘管並非羅桑．西瑞爾．倫巴．霍斯金描述的那樣。

第三天早上，保羅的女友決定要回家了，而且她要求保羅陪同，不容許他問東問西。他們誰也沒說，完全沒有回頭，在日出前就離開，花了兩天時間，跟當地居民、家中飼養的牲畜、食物與民俗工藝品擠在同一輛巴士下山回到平地。保羅趁機買了個五彩繽紛的布包，將它折疊起來收進背包。他下定決心自己再也不要搭巴士旅行超過一天。

他們從利馬搭便車到聖地牙哥——這個世界相對安全，駕駛看到這對男女的打扮穿著倒是有些緊張。在聖地牙哥經過一晚好眠後，他們找了人畫地圖，告訴他們該如何穿越安地斯山區的一處隧道前往阿根廷，再繼續朝巴西前進，這一次同樣搭便車，因為保羅女友不斷堅持他們必須將錢留在身邊，以備臨時需要就醫——她總是謹慎小心，實事求是的共產社會背景與教養讓她無法完全放鬆。

到了巴西，由於他們在的區域大部分持有護照者都是金髮碧眼，他們決定暫停行程，又一次，是女友的建議。

「我們去看看韋利亞鎮吧，聽說那裡很美。」

他們無法預見即來的噩夢。

他們不知道地獄即將降臨。

他們毫未察覺眼前等著他們的命運。

他們去過許多美麗獨特的景點，這些地方在未來絕對會被觀光客摧毀，人人都忙著採買紀念品，裝飾自家。但保羅女友的語氣不容置疑，她這句話的結尾沒有問號，她只是告知他。

是的，當然，我們就去韋利亞鎮吧，那裡很美，堪稱地質奇觀，大自然的鬼斧神工，利用風造就了許多壯麗奇景——鄰近城市不惜成本大力宣傳，因此人人都知道韋利亞鎮，但比較不熟悉的人常常開車錯過它，最終到了里約附近的一處海灘遊憩。其他人雖然對它很好奇，卻以為它路途遙遠，必須舟車往返，寧可放棄。

保羅與女友是當地唯一的遊客，兩人讚嘆大自然打造的花卉結構、海龜與駱駝——這都是人類眼中的形狀，其實她覺得駱駝比較像石榴，他也認為它看起來比較像顆橘子。但無論如何，它們不像他們在蒂亞瓦納科看到的那些，此處所有砂岩石雕開放讓大眾賦予各種名稱。

他們從那裡搭車到最近的城市。保羅的女友知道不久之後他們就要回家了，於是決定——其實每件事都是她決定的——他們住進一間還不錯的飯店，而且享受好幾星期都沒有吃的大餐！烤肉是巴西美食，他們離開拉巴斯後，一直都沒吃到——因為大吃一頓會花掉不少錢。

他們住進了一間真正的飯店，好好洗了澡，做愛，走到飯店大廳，期盼飯店人員替他們推薦一間最棒的吃到飽餐廳，讓兩人大快朵頤。

在他們等待飯店服務人員出現時，兩個男人走近他們，口氣有禮和善，要求保羅與他的女友跟著他們出去。這兩人將手放在口袋，顯然是握著槍，而且將自己的指令說得很明確。

「別做傻事，」保羅女友確信他們被人挾持了。「我房間有一只鑽戒。」

但那兩人抓住他們的手臂，將他們拉到飯店外面——立刻把他們分開。無人街道停了兩輛不起眼的車子，還有兩個男人，其中一人拿槍對著他們。

「不要動，不要輕舉妄動。我們要搜身。」

這群歹徒開始拍打他們全身，保羅女友仍然試圖抵抗，但保羅已經開始放空茫然，只是環顧四周，看看有沒有機警的目擊者會報警。

「把妳的嘴閉上，妳這白痴婊子。」其中一個人說。他們拿走這對情侶裝了護照和錢的腰包，逼他們分別坐進兩輛車子的後座。保羅根本沒時間確認女友發生了什麼事——她也不會知道他在車裡的遭遇。

車內有另一個男人。

「把這個戴上，」他交給保羅一個頭罩。「趴在地上。」

保羅完全按照對方指示。他的大腦無法處理任何事了。汽車飛快駛離。他本想告訴這些人，他家有錢，不管贖金多少他都肯付，但他完全說不出口。

火車速度開始變慢，可能因為他們快接近荷蘭邊界了。

「你沒事吧，兄弟？」阿根廷人問。

保羅點頭，想找話題聊，驅除腦海的負面思緒。韋利亞鎮事件已經過了快一年，這段期間，他總算能克制腦中的惡魔。但是，每當他看見與警察相關的人事物，就算只是邊境官員，他的恐慌又會一股腦兒湧上。這一次，連當初經歷的種種細節也浮上心頭。那場遭遇他只告訴了幾個朋友，卻總是有所保留，彷彿只要他跟它保持一定距離，就可以把自己當成旁觀者。今天是他首次獨自回憶那段往事。

「如果他們禁止我們入境，沒問題。我們可以去比利時，從那裡入境。」阿根廷人建議。

保羅沒什麼心情跟這傢伙說話，他又開始慌張了。萬一這個人真的在販毒呢？如果他們認定保羅是共犯，把他關進監獄，直到他證明自己的清白才肯放他走呢？

火車停下。這裡不是海關，是一處荒煙蔓草的無人小站，兩人上車，五個人下車。阿根廷人發現保羅沒心情聊天，決定讓他一個人待著，但他也擔心保羅，因為他的表情不一樣了。阿根廷人問了最後一次。

「你真的還好吧？」

「我在執行驅魔術。」阿根廷人懂了，沒有再多說什麼。

保羅知道自己在歐洲，他經歷過的那一切都不會發生，或者更準確地說，那些事都過去了。他總是自問，集中營那群排隊走進毒氣室的人，以及在亂葬坑前列隊面對槍決的囚犯們，難道從沒想過要逃離或甚至攻擊他們的行刑者嗎？

答案很簡單：他們的恐慌是如此龐然，讓他們早已無所適從、不知所措。大腦阻隔了一切，當下，他們已然不識恐慌懼怕，只能對眼前一切逆來順受。所有的情緒早已讓位消失，他們恍惚茫然，陷入一種至今科學家都無法解釋的情境。醫界稱這種狀況是「暫時性緊張型精神分裂」，卻也沒認真審視這種情感淡漠帶來的後果與影響。

或許為了一勞永逸驅逐糾纏不清的舊日鬼魂，保羅乾脆從頭到尾重溫當年的磨難。

跟他一起在後座的男子似乎比剛才在旅館走近他們的人講道理。

「不用擔心，我們不會殺你。乖乖趴著就好。」

保羅不擔心。因為他大腦已經停止運作了。他彷彿進入了一個平行空間；他的大腦拒絕接受現實。他唯一做的就只是問：

「我能抓住你的腿嗎？」

「可以。」那人回答。

保羅緊緊抓住男人的腿，力道遠超過他的想像，甚至把對方抓得很痛，但那人沒有移動。他允許保羅繼續——他知道保羅經歷的一切，顯然也不樂見一位活力十足的年輕人必須面臨這些事。但他同時又得聽令行事。

❖

保羅不知道車子到底開了多久，但時間拖得越長，他便愈確信自己即將送命。他設法釐清事情始末——他被某種軍方人員抓了，就官方說法而言，他已經消失了。但這應該也不重要了。

車停了下來。把他從後座拉出去，推上一處像走廊的地方。突然間，他的腳撞到地板的某個障礙物，一種像是金屬片的東西。

「拜託，可以走慢一點嗎？」

就在此時，他被人狠狠在頭上敲了第一記。

「給我閉嘴，恐怖分子！」

他摔到地上。他們逼他站起來，把他的衣服全扒光——但小心避免扯掉頭罩。他聽從命令。他們開始對他拳打腳踢，他不知道這群人會從哪個方向攻擊他，完全無從抵抗，肌肉也不能直覺反射，這是他這輩子最痛苦難耐的折磨。他再次跌倒在地，他們開始踢他，大概延續了十或十五分鐘，直到有個聲音指示攻擊者住手。

他還有意識，但他不確定身體是否有什麼部位碎裂；由於過度疼痛，他根本無法移動。剛才要其他人停止凌虐他的聲音，現在則命令他站起來。聲音的主人開始問一些與游擊隊行動相關的問題，提到某某同志，還想知道他到玻利維亞做什麼，是否曾與切·格瓦拉及其同夥聯繫，以及是否知道武器的藏匿處。此人威脅，只要他確定保羅參與其中，一定挖出保羅的眼球。另一個聲音是來自剛才那位好警察，此人策略不同。他要保羅坦承附近一起銀行搶案——這樣可以解決一切，保羅去坐牢，他們不會再找他麻煩。

保羅掙扎起身的那一霎那，也從昏沉無力的狀態甦醒，重拾他向來認為是人類最厲害的特質：生存本能。他需要脫離現狀。他得告訴他們他是無辜的。

他們命令他將自己前一星期的行動交代清楚。保羅認真回想，他知道這些人根本沒聽過馬丘比丘。

「不要浪費時間唬弄我們，」壞警察說。「我們在你飯店房間找到地圖。有人看見你跟那金髮女人在犯罪現場。」

地圖？

男子讓他從頭罩看到一張紙，那是他們在智利時，找某人替他們畫的圖，指引他們找到穿越安地斯山脈的路線。

「共產黨自以為可以贏得這一次大選。阿葉德拿了莫斯科的錢，準備腐蝕整個拉丁美洲。你錯了。你在他們計畫中的聯盟扮演什麼角色？誰是你在巴西的連絡人？」

保羅懇求他們，他發誓這些都不是真的，他只是個熱愛旅行，想多看看世界的平凡人——此時，他問他們對他女友做了什麼。

「就是她從共產主義國家南斯拉夫派來這裡，準備結束巴西的民主？她罪有應得。」那位壞警察回答。

讓他幾乎虛脫無力的恐懼又快找上他了，但保羅需要控制自己。他得努力找到逃離這場噩夢的方式。他需要馬上清醒。

某人將一個插著電線及一根扳手的盒子放在他雙腿之間。另一個人告訴他，他們叫它電話——他們只需要將扳手夾到他身上，往下一拉，保羅就會得到「任何人都無法承受的強力電擊」。

保羅看到他面前的機器，突然靈機一動，想出自己的唯一生路。他不再屈從順服，提高嗓門：

「難道我會怕這一點點電擊？這一丁點的疼痛？別擔心——我最愛自虐了，我住過精神病院，不是一兩次，而是三次；各種程度的電擊我都經歷過，你們要這樣對我，沒問題，但我想你們早就摸清我的底細，將我調查得一清二楚了。」

話說完之後，他使勁將指甲掐進肉裡，撕裂出一道道血痕，不斷尖叫，說他們什麼都知道了，他們大可以殺死他，反正他不在乎，他相信輪迴，他會回來報仇，找上他們與他們的家人。

有人走過來壓制他。大夥好像都嚇到了，雖然沒人開口。

「夠了，保羅，」好警察說。「那麼要不要解釋一下地圖？」

保羅開始用精神病患的語氣，尖聲解釋在聖地牙哥發生的一切——他們只是想找到從智利通往阿根廷的隧道罷了。

「我的女朋友，我的女朋友呢？」

他的尖叫越見淒厲，希望她能聽到他，好警察設法安撫——那時「鉛彈年代」才剛萌芽，各國鎮壓異己的手段尚未達到殘暴巔峰。

那個人要他停止搖晃。如果他真的是無辜者，就沒有理由擔心，但首先他們需要確認他說的話，所以他還得稍候一下。對方沒有說保羅得等多久，但他給了保羅一根菸。保羅注意到其他人開始離開，他們對他不再感興趣了。

「等我離開，你一聽到門關上，就可以拿掉你的頭罩。萬一有人敲門，就把它戴回去。我們一旦取得需要的所有資訊，就可以讓你離開。」

「我的女朋友呢？」保羅再次尖叫。

他不該被如此對待。就算他是頑劣不聽話的兒子，父母頭痛不已，這都不該是他應得的待遇。他是無辜的——假如他有槍，他會把他們全殺了。無緣無故被人誤解是最糟糕的。

「不用緊張。我們不是什麼可怕的性侵禽獸。我們只想終結那群想讓國家滅亡的壞蛋。」

男人離開了，門一喀噠關上，保羅便摘下他的頭罩。他在一間有金屬大門的隔音間。剛才他就是被金屬門框絆倒。他的右邊是一面大鏡子，它一定是用來監視被帶到這裡的人。天花板有兩三個彈孔，其中一個甚至卡著一根頭髮。他需要假裝自己對這一切都淡然以對。他看著自己剛才流血的結痂，知道他骨頭沒被打斷，這些人很厲害——他們不會留下永久的傷疤，或許這就是為何他的反應令他們驚慌失措。

他想自己的下一步應該要打電話到里約熱內盧，證實他曾經精神失常、接受電擊療法，以及他與女友的足跡——她的外國護照可以保護她，卻也可能讓她送命，畢竟她來自共產國家。

如果他撒謊，他會連續好幾天受到酷刑折磨。若是說出實話，或許他們會得出這樣的結論：他真是個有錢的公子哥兒，成天沉迷吸毒，熱衷當嬉皮。最後，他們會放他走的。

他沒有說謊，更希望他們不要等太久才發現事實真相。

他不知道自己在那裡待了多長的時間——這裡沒有窗戶，燈也沒熄，唯一能瞥見的臉孔是酷刑場的某位攝影師。這裡是軍營或是警察局？攝影師命令他摘下頭罩，將相機放在他面前，以掩蓋他赤裸的身體，同時命令他側身站立，又拍了另一張相片，然後一言不發地離開了。

就連傳來的敲門聲也無規律可循——有時，午餐在他吃過早餐不久便送進來，偶爾，晚餐遲遲不見蹤影。他需要上廁所時，他會敲門，拉下頭罩，讓他們從那面大鏡子看見他想做什麼。有時他會試圖與領他上廁所的人說話，但對方一向毫無回應。只有一貫的沉默。

他大部分時間都在睡覺。有一天（是晚上嗎？）他想利用自己的經驗冥想或專注回顧一些更崇高的存在——他想到聖十字若望曾說，個人靈魂的極致暗夜，就如同僧侶在喜瑪拉雅山麓的沙漠洞穴度過多年歲月的體驗。他可以遵循他們的精神，利用自己的遭遇讓自己脫胎換骨，變得更好。他搞清楚了——應該是門房——那間只有他與女友投宿的飯店——通報當局。一旦他重獲自由，他有股想回去把那傢伙捅死的衝動，但在心底，他知道最適切的作法是服膺神，原諒對方，因為對方根本不知道自己做了什麼。

但寬恕是門微妙的藝術。在所有旅行中，他都努力想與宇宙同在。但是這不包括——至少在他生命中某些時刻——忍受那些總是嘲笑他長髮的傢伙；或是在街上被人攔住，問他上一次洗澡是什麼時候，或被人指指點點，說他亮麗的裝扮顯示他對自己的性向混淆不明，甚至問他與多少男人睡過；叫他不要當流浪漢；停止吸毒；找個工作；善盡自己責任，為國家擺脫經濟危機。

他對社會的憎恨、復仇的渴望，又欠缺寬恕的胸懷，讓他無法專心，於是他的冥想很快被許多詭辯思緒打斷——他認為他會有這些情緒理所當然。他們告訴他家人了嗎？

他爸媽不清楚他什麼時候會回家，但他們應當也不會有太多期待。爸媽很不高興他找了個大他十一歲的女朋友，認定她利用他滿足自己無法言喻的慾求，讓他這身處異鄉、鬱鬱寡歡的紈絝遊子無所適從。她將媽寶型的年輕男人玩弄於股掌間。保羅不像他的朋友，也與其敵人不同，他就是跟別人不一樣。他們不會給任何人添麻煩，也不用讓家人必須解釋自己兒子究竟在忙什麼。他父母總是被別人說閒話，被人說**沒把**兒子教好。保羅的妹妹念化工，成績優異，但爸媽對她的驕傲仍不足以彌補對他的憂慮，他們只希望他儘早回到他們熟悉的世界。

總而言之，過了一段時間後，保羅開始認為自己全是罪有應得。他一些朋友加入武裝抵抗組織，對未來看得很開，但只有他付出了代價——想來他的懲罰必然來自天堂，而非人間，因為他為那麼多人帶來了痛苦，他理應赤裸裸躺在牢房地板，望著天花板的三個彈孔，審視內心，遍尋不著振作起來的力量，更無法得到心靈安慰，無法聽見曾在太陽門前領會的那些睿智話語。

他只能一直昏睡。他總以為自己會從噩夢中醒來，睜開眼睛後，卻仍然在同一個地方，躺在一樣的地板。他一直在想，最壞的時刻已經過去了吧？每次聽到敲門聲，他總是馬上驚醒，滿身大汗，慌張失措——他們可能還不能確認他的供詞，很快就要對他施行酷刑了，手段或許比先前更加殘暴。

有人敲了保羅的門——他才剛吃完晚餐，但他知道他們可能也直接把早餐提供給他，才能更加混淆他的視聽。他戴上頭罩，聽到門打開，有人將一些東西扔在地板上。

「穿好衣服。小心不要把頭罩拿下。」

是那個「好警察」或是「好心劊子手」，這都是保羅取的稱號。男人站在原地等保羅穿衣服，套上鞋子。接著那個人抓住他的手臂，要他小心腳步，不要被金屬門框絆倒（其實上廁所時，保羅已經走過很多趟，但也許那個人只是覺得需要善意提醒），同時告訴保羅，他身上唯一的傷疤是他自己造成的。

他們走了三分鐘，另一個聲音說：「異形在外面等你。」

異形？後來他才知道那是車款名稱，但在那一刻他還以為是某種暗號，類似「行刑隊已經準備就緒了。」

他們帶他坐上車，從頭罩下方，他摸得出來他們遞給他的是一些紙和一支筆。他甚至沒想到要仔細讀過，他們想要他簽什麼他都願意，至少他的告白可以結束這令人抓狂的隔離生涯。但好心劊子手解釋，這是他們在飯店找到的物品清單。後背包在後車廂。

「那些後背包！」保羅仍然恍恍惚惚，完全沒注意他說了「那些」。

他唯命是從，另一邊車門打開了。保羅從頭罩的開口瞥見熟悉的衣服。是她！他們命令她做同樣的事，簽署一份文件，她拒絕了，說她要先看看內容。她的語氣明顯表示，她對這段磨難完全不以為意；她將自己的情緒控制得很好，對方也耐心等她看完。讀完之後，她終於簽了文件，將手放在保羅手上。

「不准肢體接觸！」好心劊子手說。

她不理睬他，有那麼一秒鐘，保羅以為兩人會再次被拖進屋內，因為不服從命令被毒打一頓。他想移開手，但她收緊力道，毫不移動。好心劊子手只是關上車門，命令汽車前進。保羅問她是否一切都好，她開口便劈里啪啦抨擊兩人的遭遇，極度不滿。前座有人笑了幾聲，保羅**拜託**她小聲一點，他們可以改天再討論，確定之前那裡是否真是監獄。

「假如他們原本就不打算放我們走，就不會要我們簽文件，確認我們已經拿到自己的私人物品。」她告訴他。前座那人又笑了。其實，現在有兩個人在笑。司機並不孤單。

「我一直聽說女人比男人更勇敢，更有智慧，」其中一位說，「我們在犯人身上也注意到這一點。」

這一次是前座要司機閉嘴。汽車飛馳了一段路後停了下來，司機要他們拿下頭罩。

那是在旅館抓住他們的一名亞裔男子，他面帶微笑，跟著他們走到後車廂，拿起背包還給他們，沒有把它們扔在地上。

「你們可以走了。下個紅綠燈左轉，大約二十分鐘後，就會看到公車站。」

那個人上了車，慢慢將它開走，彷彿一切都沒發生。巴西就是這樣，這些人掌控了一切，其他人則一點辦法也沒有。

保羅看了女朋友一眼，她也回視他，兩人擁抱，親吻了許久，然後走到公車站。他覺得那裡很危險。他女友似乎一點也沒變，在監獄的那幾天——或是那幾星期？幾個月？幾年？——感覺不過是一場夢境，醒來之後，唯一留下的是正面積極的回憶，陰暗醜陋的過往全都煙消雲散。他加快腳步，不願想到自己的遭遇或許與她有關，也許是她拖累了他，他們真不應該停下欣賞強風塑造的雕像，如果兩人繼續旅行，這些事都不會發生——但這不是任何人的錯，不是他女友的錯，不是保羅的錯，也不是他們認識的人的錯。

他在胡思亂想，他有點精神耗弱了，突然間，他頭好痛，再也走不下去。無法逃回他的家鄉，或回到太陽門，詢問當地被世人遺忘的古老民族，那裡究竟曾經有什麼遭遇。他靠著牆支撐自己，背包滑到地上。

「你知道自己是怎麼回事嗎？」女友問——然後很快回答。「我知道，因為我也曾經這樣，當時我的祖國被敵人全天候轟炸。我大腦運作變慢，血液打不進我的血管。兩三小時後，你就會好一點，但我們可以到公車站買一點阿斯匹靈。」

她抓住他的背包，用肩膀撐住他，將他緩緩往前拖行，逐漸加快速度。

哦，女人，妳真是了不起。可惜當他建議他們一起到世界的兩大中心——皮卡迪利圓環與水壩廣場時——她說，她再也受不了浪跡天涯，而且，說實話，她也不再愛他了。他們可以就此分道揚鑣。

火車停了，用好幾種語言書寫的可怕標誌出現眼前：**邊境管制區**。

有些官員上了車，在走道活動。保羅平靜多了，驅魔結束了，他腦海不斷反覆想到《聖經》裡面的一段話，具體而言，它來自《約伯記》：「我所恐懼的臨到我身。」

他需要冷靜——任何人都能嗅聞出恐懼。

隨便了。假如，一切都被那阿根廷人說中，那麼最糟糕的結局便是他們被拒絕入境，這沒關係。他們還可以往其他國家邊界闖關。萬一走投無路，那麼至少他們還有世界另一個中心可去——皮卡迪利圓環。

重溫他一年半的驚懼恐慌後，此時此刻，保羅只感受到全然的平靜。一切都得毫無恐懼地面對、接受，視它為人生必然發生的事實——我們無從選擇發生在身上的遭遇，但我們能選擇自己的回應方式。

那一刻他才意識到不公、絕望與無能為力的癌細胞早已開始擴散他全身，但現在，他自由了。

他脫胎換骨，宛若新生。

海關人員走進車廂，這裡有保羅、阿根廷人及其他四名不認識的乘客。不出所料，官員命令其中兩人下車，夜晚的刺骨寒氣開始降臨。

但大自然遵循既定的循環，人類靈魂也會如此重複：植物開花，讓蜜蜂授粉，創造果實。果實產生種子，再次轉化為植物，然後它再次開花，吸引蜜蜂，傳遞花粉，創造更多的果實，就此循環不輟，直至永恆。你好，秋天，該是擺脫一切陳腐老舊，忘卻昔日恐懼，開創新路的時候了。

有些年輕男女被帶進海關大廳。沒有人說話，保羅確保自己盡可能遠離阿根廷人——此人也注意到了，但沒有試圖用自己的存在或對話替保羅帶來困擾。也許他明白自己正在接受批判，想來這位巴西年輕人心中有疑慮，不過，他曾經看過保羅的臉上掠過陰影，但至少現在的保羅紅光滿面——「光芒」或許言過其實，可是，先前的緊繃哀傷已經消失了。

❖

他們開始將人一個個叫進房間——沒有人知道官員說了些什麼，因為接受訪談後，人們從另一扇門離開。保羅是第三個被傳喚的人。

辦公桌後面坐了一名穿了制服的官員，他要求看保羅的護照，一面比對一份名單。

「我有個夢想是要……」保羅開口，有人立即警告他不要打斷官員工作。

他的心跳加快，保羅正在與自己拉鋸，他需要相信秋天已經降臨，枯葉早已逐一落下，之前支離破碎的那個人眼見就要重生了。

負面情緒只會吸引更多的負面情緒，因此，他試圖讓自己平靜，特別是當他發現對方的一個耳朵穿了耳環，這在他造訪過的其他國家簡直難以想像。他想讓自己分心，不注意堆滿檔案的房間、牆上的女王肖像及一張風車海報。他面前的人很快將名單擺在一旁，問都沒問保羅到荷蘭的目的——他只想知道保羅有沒有足夠的旅費回自己的國家。

保羅確定自己有足夠的錢，他知道前往任何國家旅行時，有沒有足夠旅費返鄉是必要條件，所以他原本就買了一張票價令人咋舌的一年內羅馬來回機票。他伸手想拿腰間小包，提供證據，但官員告訴他不需要。他只想知道保羅帶了多少錢。

「大約一千六百美元。也許再多一點，但我不知道火車票花了多少錢。」

他在歐洲下飛機時，身上還有一千七百美元，這是他在自己就讀過的戲劇學院擔任入學考老師賺來的。那張來回羅馬的機票已經是他能找到最便宜的了，他一到那裡，就在「地下郵報」讀到嬉皮們經常聚集在西班牙階梯下的西班牙廣場。他在公園找了個角落過夜，靠三明治和霜淇淋果腹，原本打算待在羅馬一陣子，因為他認識了一位來自加利西亞的西班牙女子，兩人很有話聊，不久就從朋友變成情人。

他終於買下當時年輕人看的那本暢銷書《一天五美元行遍歐洲》。白天他就在西班牙廣場閒晃，他注意到看那本書——用它參考便宜旅舍、餐廳及重要景點的——不只是年輕嬉皮，就連傳統觀光客也人手一本。

到阿姆斯特丹後，他的行動不成問題。他已經決定接下來的目的地（然後他會繼續到皮卡迪利圓環，他一直沒忘記這件事），因為那位西班牙女子告訴他，她會前往希臘雅典。

他伸手要拿錢，但對方迅速將蓋了戳記的護照還給他。官員還問他有沒有帶水果蔬菜——他身上有兩顆蘋果，官員請他離開時，將它們丟進車站外的垃圾桶。

「請問從這裡要怎麼去阿姆斯特丹？」

他得知自己需要搭每半小時一班的火車——他在羅馬買的通行車票可以帶他抵達目的地。

官員對他指了出口，保羅發現自己再次呼吸到新鮮空氣，等待下一班火車，他驚喜發現，海關相信他對機票與現金的說法。

沒錯，這裡是另一個世界了。

卡菈並沒有虛擲下午時光，坐在水壩廣場發呆，而且開始下雨了。那位靈媒向她保證，她等待的那個人第二天一定會出現。因此她決定去看《二〇〇一太空漫遊》。人人都說那是經典，但其實她對科幻電影沒什麼興趣。

是的，無疑是經典。電影打發了她枯等的時間，電影結局探討的問題，她也以為自己早就清楚答案了。但事實上，她並不知道，也從未思考過，那是難以辯駁又無可爭辯的現實。時間就是一個圓，萬物終究回歸原點。人類宛如一顆種子，隨著年月茁壯成長，凋零死去，重返大地，再度成為種子，最終又轉世成為另一個人。雖然她家人信奉路德教派，但她曾經投入天主教一段時間，參加彌撒，誠心信仰。她最喜歡的一段話便是：「**我相信……肉身與生命的永恆復活，阿門。**」

肉身的復活——她曾試圖與一名神父討論這句話，問他對於轉世的看法，但神父告訴她，這與轉世投胎無關。她繼續追問，他的回覆是——真的沒想到會如此愚昧——她年紀不到，無法理解。後來她便與天主教漸行漸遠，因為她發現神父根本不懂那段話的意義。

「阿門。」她走回飯店時，嘴裡重複這兩個字。她向來胸襟寬容，耳朵大張，欣然接受所有言論，等待某一天，或許神決定找上她，與她對話。遠離天主教會後，她決定通過印度教、道教、佛教、非洲宗教、各種形式的瑜伽，尋求她對於生命意義的探索。一位詩人在幾世紀前說過：「你的光填滿了整個宇宙／愛之火熊熊燃燒，進而拯救了領悟。」

終其一生，愛讓她百思不得其解，它的繁複難解甚至讓她避免去想，最終她得出的結論是，「領悟」必須反諸自身——畢竟，每一位宗教領袖都是如此宣揚的。如今她眼底所見的一切都能讓她想起天主，她得努力讓自己的言行舉止都足以禮讚自己的生命。

這樣就足夠了吧。最可怕的殺戮就是一手扼殺我們能從人生中取得的喜悅歡愉。

❖

她在一家咖啡店，那裡販賣各種不同的大麻商品。但她只喝了一杯咖啡，跟另一位荷蘭女子聊天，對方看起來也與那裡格格不入，也只點了一杯咖啡。女孩名叫葳瑪。她們本來想去天堂表演基地，但隨即打消念頭，因為那裡早就不夠新潮，就像那裡的毒品一樣。也許觀光客仍然覺得那裡很好玩，但當地人早已經不覺得新鮮了。

總有一天——遙遠未來的某一天，各國政府會得出結論，若要終結所謂的「問題」，就是使它們徹底合法化。大麻之所以神祕，正因為它非法，全球人類才莫不趨之若鶩。

「但它不符合利益準則，」卡菈分享自己的想法時，葳瑪反駁，「他們打擊毒品可以賺進數十億美元。還可以造就自己比他人優越的形象，成為端正社會與家庭風氣的十字軍，塑造終結毒品買賣的絕佳政治平臺。所以怎麼可能還有其他打算？是啦，說什麼會讓赤貧消失，現在不會有人再相信這些鬼話了。」

兩人的談話結束了，她們盯著自己的咖啡杯出了神。卡菈想起剛才的電影，還有那本《魔戒》，回憶起自己的人生。她一直過著極其平淡的人生，出生在一個信仰虔誠的家庭，曾就讀路德教派的高中，聖經背得滾瓜爛熟，青春期時與一位荷蘭男孩初嚐禁果，那人也是第一次。她去過歐洲一些地方，二十多歲時找到一份工作（二十三歲）。每一天循規蹈矩，週而復始，她信天主教只是為了反抗家人，後來她決心離開父母，獨自生活，結交了幾位進出她生命與肉體的男友，交往時間短則兩天，長則兩個月。她認為這一切的罪魁禍首就是鹿特丹、它港口的貨櫃起重架及灰濛濛的街道，朋友口耳相傳的異國經歷與遭遇，比她的人生有意思多了。

她跟外國人比較處得來。只有那麼一次，她放棄了自己向來追求的自由奔放，只因為她決定不顧一切愛上一個比她大十歲的法國人。她說服自己，她可以讓彼此專注投入這場激烈熱戀——但她很清楚，法國男人只對性愛感興趣，這是她很擅長的一門課，向來認真精進。過了一段時間後，她將那位法國人留在巴黎，自己得出了結論：她終究沒找到愛情的真諦，這是她活該——所有她認識的人，到了一定年紀，就開始討論婚姻、孩子、烹飪、有人陪看電視、一起看電影，出國旅遊，替親朋好友帶回驚喜的紀念品、生兒育女、對配偶的緋聞視而不見，認定孩子就是自己人生的唯一目標、擔心每天晚餐要準備什麼、在意小孩的學業、工作以及未來。

就這樣，這些人又多撐了幾年，感覺自己在這世上還有用途，但遲早，小孩會離家——房子空空蕩蕩，唯一重要的是星期天的家庭聚餐，全家人齊聚一堂，假裝一切仍然完美，似乎彼此之間不曾有過嫉妒或競爭，但其實和樂的表面下暗藏刀刃：我賺得比你多、我老婆是建築師、想不到吧，我們剛買了房子，諸如此類。

兩年前，她意識到如此毫無牽絆地過日子似乎沒了意義。她開始思考死亡，甚至想過進修道院，她甚至去了赤足卡梅爾會，企圖與外界完全切斷聯繫。她告訴他們，她已受洗，也認識耶穌基督，甘願終身與祂廝守，虔誠服事。修道院長要她仔細考慮一個月，再做出最後決定——一個月內，她有時間想像自己住在一間不見天日的房舍，從黎明到黃昏都必須誠心祈禱，一遍遍重複同樣的話語，直到它們喪失意義。她這才知道，自己根本無法過這種週而復始的日子，到頭來她一定會發瘋。修道院長是對的——她再也沒有回去；有了奔放自由，她總是能找到新奇趣事可做。

有一位孟買船員，除了是優秀的情人（這她很少遇到），也引領她認識東方的神祕主義。那時她才認真思考，或許自己的終極命運就是旅行至遠方，住在喜瑪拉雅山區的洞穴，堅持信念，等待諸神與她對話的那一天，同時掙脫那些她認為無聊的人事物。

她沒有多透露細節，反而問葳瑪對阿姆斯特丹的看法。

「無聊，太無聊了。」

完全同意。不僅是阿姆斯特丹，整個荷蘭都如此，每個人一出生就被國家保護得很好，無須擔心老無所依，多虧各種設施完善的養老機構與健全的老人年金制度，大家都享受免費的健保服務，荷蘭已經歷好幾任女王——威廉米娜太上王太后、朱麗安娜太王太后、碧崔絲王太后——當美國婦女忙著燒掉自己的胸罩，要求地位平等時，卡菈——儘管她的乳房不小，也從未使用胸罩——就住在這個毋須大聲訴求、鼓吹人們注意的國家，大家只須輕易遵循祖先邏輯，畢竟從古至今，這個國家的權力就掌握在女人手上，她們統治著人人的丈夫孩子、總理與國王，後者則努力做好自己的角色，成為優秀將領、生意人及國家行政領袖。

男人。他們自以為他們統治了世界，卻連聽一晚自己伴侶、女友或母親的意見忠告都不願意。

卡菈需要採取更激進的作法，她需要以過去從來沒有嘗試的角度，好好探索自己，每天讓她自覺耗費氣力的瑣事，她必須找到克服它們的方式。

她希望塔羅牌是對的。如果她被許諾的那個人第二天還沒有出現，她無論如何都要獨自啟程去尼泊爾——冒著成為「白人性奴」的風險，被賣給某個胖嘟嘟的蘇丹，當他的後宮佳麗——但她也很懷疑真會有人有勇氣陪她一起旅行？她應該可以好好保護自己，讓自己不受任何挑釁眼神或武器的侵犯。

她跟葳瑪道別，兩人約好第二天在天堂表演基地見面，接著她走回到自己這陣子在阿姆斯特丹度過單調時光的背包客旅舍。許多人將阿姆斯特丹視為夢想之城，長途跋涉只為到此一遊。她走在沒有人行道的狹長街道，豎起耳朵傾聽，她不確定自己在等什麼，但所謂的蛛絲馬跡就是有這種特質：偽裝成不起眼的東西，卻足以帶來驚喜。毛毛雨落在臉上，讓她回到現實——不是她周遭的現實，而是眼前的事實：她人好好的，走在黑暗的街道上，身旁還有來自蘇利南的毒販在陰影中行動——他們唯有對客戶才是真正的危險人物，因為他們提供的是來自魔鬼的毒品，古柯鹼與海洛因。

她穿越一處廣場——這裡跟鹿特丹不一樣，阿姆斯特丹似乎轉個彎就能發現一處廣場。雨變大了，儘管她剛才在咖啡廳心事重重，此時的她仍心存感激自己還能會心微笑。

她一面行走，一面無聲禱告，內容與路德教派或天主教無關，她只是想感激一小時前她還在抱怨的人生。在她的禱告中，她讚美天空、大地、樹木與萬物生靈，它們消弭了她靈魂中的所有矛盾，讓她沐浴在深沉的靜謐之中——這種平和感並非來自於她毫無挑戰的人生，反而讓她更預先準備好迎接眼前的冒險，她決心無論有沒有出現旅伴，她都要徹底實現這趟旅程。她確信天使們看望著她，同時吟唱美妙旋律，儘管她的世俗耳朵無法聽聞，但那節拍卻在她身上迴盪，淨化了她腦中不純淨的思緒，讓她能與自己的靈魂接觸對話，在她仍不識愛為何物時，仍然鼓勵她全心愛自己。

對於我之前的那些思緒，我不會內疚，也許電影使然，也可能是閱讀影響，但即使只因為我自己內心的美，我仍懇求祢的原諒。我愛祢，我感激祢總是陪著我，庇佑我，與我長伴，帶著我從喜樂的誘惑以及對痛苦的恐懼中解脫。

然而，她開始出現前所未有的罪惡感，她住在這個博物館密度最高的國家，正在穿越這座城市一千兩百八十一座橋梁之一，凝視著屋側只開三扇窗的房子（因為超過三扇窗就會被人視為炫富，甚至有羞辱鄰居的企圖）。她為自己國家的法律感到驕傲，也很自豪先人航海探險的偉大歷史，即使世人全都因此忽略了西班牙與葡萄牙的航海成就。

他們只做過一次很糟糕的交易：將曼哈頓島賤價賣給美國人，但是，人非聖賢，孰能無過？

夜班保全打開背包客旅舍大門。她靜靜走進去，閉上雙眼，在入睡前，她想到自己國家唯一少了的東西。

山。

就是它了：她會走上高山，遠離永無止盡的平地，那群來自海上的人征服了它們，深知自己想要的是什麼，於是成功馴服倨傲不屈的陸地。

她決定比平常早起——十一點時，她已經穿好衣服，準備出門，通常她總是拖拖拉拉到一點才出發。根據那位塔羅牌占卜師的說法，今天她就能找到旅伴，靈媒不可能出錯；她們兩人當時陷入了一種神祕的恍惚狀態，超出了她們的控制範圍，蕾拉的言行並非出自她的自主意識，而是來自一個更崇高的存在，「祂」在她「辦公室」無所不在。

水壩廣場人很少——這裡大概要中午過後才會開始熱鬧。但她注意到——終於！——一張陌生臉孔。髮型跟其他人差不多，夾克沒有太多補丁（最顯眼的補丁繡了巴西英文國名 BRAZIL 及其國旗），色彩亮麗的編織肩背包，應該是南美洲製造的，當時浪跡天涯行遍全球的年輕族群很喜歡這款包——另外受歡迎的還有斗篷與毛線帽。他在抽菸——她知道只是一般香菸，因為她經過他身旁，除了菸味沒聞出其他味道。

他正忙著無所事事、東張西望，看著廣場另一端建築物的嬉皮們。他應該很想找人說話，但他的雙眼透露了緊張——說白了，那可是最極致的羞怯。

她坐在離他一段距離的安全位置，好繼續觀察他，免得他不小心在她還沒開口提議他加入她前往尼泊爾前，就莫名離開她視線。如果他像他身上的背包一樣，顯然已經去過巴西與南美，他應該有意願繼續旅行吧？他與她同齡，也很青澀，要說服他不會太難。無論他是高矮胖瘦，或帥或醜，這些都不重要了，她只想找人一起旅行，共同展開探索自己的偉大冒險。

保羅也注意到剛才走過身邊的嬉皮正妹，要不是因為他的本性忸怩羞怯，也許他會鼓起勇氣對她微笑。但他沒那個膽——她好像心事重重；可能在等人，或只想在這陰沉沒有陽光的清晨獨自沉思。

他將注意力拉回到眼前的建築物，它是真正的人工奇蹟，《一天五美元行遍歐洲》上面說這裡是皇室宮殿，由一萬三千六百五十九片磁磚砌造而成（書上還說，整座城市其實都由磁磚打造，但沒人注意過這一點）。門口沒有警衛，遊客進進出出——成群結隊，大排長龍，這不會是他想造訪的景點。

當某人盯著我們瞧，我們一定有第六感，保羅意識到那位美女已經在他的視線範圍內坐下，眼神沒有離開他。他轉過頭，沒錯，她就在那裡，他們眼神一交會，她就開始看書。

怎麼辦？有將近半個鐘頭的時間，他枯坐原地，思考自己是否該起身坐到她身邊——這在阿姆斯特丹很稀鬆平常，人們不需要找藉口或多作解釋，只是聊聊，交換彼此的心情看法。半小時過去了，他不斷對自己重複至少一千次：他沒什麼好損失的，這也不是他第一次或最後一次被人拒絕。他終於站起來，朝她走過去，她的眼睛一直沒有離開那本書。

卡菈看著他越靠越近，這很不尋常——在這裡，大家都很尊重彼此的私人空間。他坐在她身旁，說出最笨的臺詞。

「抱歉。」

她坐著等他完成句子——經過了尷尬沉默的五分鐘後，她決定主動出擊。

「請問，要跟我抱什麼歉？」

「沒事。」

不過令她高興與寬心的是，他沒有說什麼陳腔濫調，像是「我希望我沒有打擾到妳，」或是「那一棟建築物是什麼？」或者是「妳真美」（外國人最愛這麼說），要不就是「妳是哪裡人？」「衣服是哪裡買的？」等等。

她決定拉他一把，畢竟她對這位年輕人的濃厚興趣遠超過他本人的想像。

「你為什麼有巴西國旗的臂章？」

「想遇到巴西人——因為那是我的祖國。這個城市我一個人也不認識，這樣我才好遇上有趣的人們。」

所以，這位看起來很聰明、有著黑色大眼的年輕人，感覺精力充沛，卻又有掩飾不了的疲憊，一路橫渡大西洋，只為了認識海外的巴西同胞？

這聽起來極度愚蠢，但她放他一馬。她大可直接跳到尼泊爾的話題，繼續兩人的對話，或就此打住，挪到廣場的另一區，藉口她還在等人，或甚至不告而別也無所謂。

但她決定按兵不動，她待在保羅旁邊——讓他衡量眼前的選擇，最終，這行為徹底改變了她的人生。

原來這就是愛情的樣貌——儘管她當下完全沒有想到這碼子事，更不用說隨它而來的危險了。靈媒說得對，他真的出現了，兩人外表與內在看來很契合，連他自己也很有心靈相通的感覺，但他太害羞了，他好像只想找人一起抽大麻，或更糟糕的是，約她到凡德爾公園打炮，然後拍拍屁股走人，讓兩人之間除了一次性高潮之外，什麼也沒有。

到底要如何在幾分鐘內確定這個人是不是對的人？當然，如果對方厭惡我們，我們一定會知道，接著我們就該認真拉開彼此的距離，但現在可不是這種狀況。他很瘦，應該有每天洗頭。那天早上他一定沖過澡了，因為她還能聞到他身上的肥皂香。

他坐在她旁邊的那一秒，說出笨拙的「抱歉」二字後，卡菈便感受到一股深刻的幸福感，她覺得自己再也不孤單。她有了他，他也有了她，他們彼此心照不宣——一切盡在不言中，雖然不確定接下來會遇到什麼阻礙，這股莫名情愫也有待公開，但是他們不會如此這般一直保持神祕，保羅與卡菈只不過是在等待公開彼此感情的恰當時機。許多原本應該偉大壯闊的愛情故事或許就在這個時間點無疾而終——或許也因為，當兩個茫然的靈魂在地球表面相遇時，他們心底知道這段關係會帶領他們展開何等旅程，但又因此害怕卻步；更有可能是因為我們過度自我，讓我們無法敞開自己認識對方。我們自以為是，尋找「更好」的人，就此錯失畢生難得的良緣契機。

卡菈赤裸裸呈現了靈魂。偶爾，我們會被它們的話語愚弄，因為靈魂並不總是對我們忠心耿耿，甚至讓我們被迫接受現實中根本莫名其妙的人事物。它們試圖取悅我們的心靈，卻完全忽略卡菈越陷越深的東西：領悟。外在的自我是一個處處受限的空間，在真實的自我眼中，反而陌生未知。因此人們很難聽進靈魂想告訴他們的；他們企圖操控靈魂，讓它們完全按照自己的心意行事——他們的渴求、希望、未來——讓他們能對朋友說，「我終於找到我生命中的至愛。」不用害怕在安養院孤獨終老。

她再也無法假裝。她不清楚自己的感受，寧可將它們擱著，不去多想，不強加解釋。她清楚自己終究得揭露自己的內心，但她不知道該怎麼做，也不打算這麼快就行動。她現在只想與他保持安全距離，直到她能看清兩人在未來的幾天或幾年間會有什麼進展——錯了，根本不用幾年，因為她目前唯一的目的地就是前往加德滿都的一處洞穴，獨自一人，與天地宇宙對話互動。

保羅沒有暴露自己的靈魂，卻也無從得知這女孩是否會轉眼消失。他不知道自己能說什麼，兩人暫時接受了當下的沉默，目光直視前方，想對眼前的一切視而不見。周遭人群忙著買午餐或找餐廳，小販在張羅客人，保羅與卡菈滿臉茫然，他們早已神往到其他空間了。

「要吃午餐嗎？」

保羅認定這是邀約，他有些驚喜。他不明白為什麼這麼美的女孩會找他吃午餐——看來他才到阿姆斯特丹幾小時，就有個好的開始。

這不在他計畫之內，這種意料之外的插曲總是令人開心，向來非常值得——與陌生人交談，不預設任何浪漫關係的立場，會讓一切更自然。

她一個人嗎？她會繼續注意他多久？他要怎麼做才能把她留在身邊？什麼也不用。一連串的愚蠢問題消失在空氣之間。儘管他才剛吃了點東西，他還是會跟吃她午餐。他只擔心她會挑高級餐廳，而他的錢又至少得用上一年，直到搭機返回巴西。

朝聖者，你的思緒漂泊；讓你的心靈休憩。

並非所有被召喚的人都是被揀選的
那些在睡夢中，嘴角帶著一抹淺笑的人
並不總能看見你看見的一切。

當然，我們都需要分享，儘管它或許是大家都知道的東西，我們仍然不得被自私的思緒宰制，意圖成為唯一抵達終點的人，要是這麼做，你只會發現一處空蕩蕩的天堂，一切再也沒有趣味，終將無聊至死。

我們不能搶奪帶來光亮的燈，自顧自地將它帶走。

如果我們這樣做，我們的背包會塞滿了燈，卻沒有可以聊天說話的旅伴，這有什麼好處？

但是，他很難讓腦子休息——他需要寫下在他周圍發生的一切。這是一場沒有武器的革命，一條沒有邊境檢查哨或髮夾彎的道路。一個突然變得年輕的世界，這裡人們的年齡、宗教信仰或政治理念不再重要。太陽依舊升起，彷彿告訴世人文藝復興終於回來了，世人的習慣風俗就要改變——在不久的將來，人們將不再依賴他人的意見，可以用自己的角度看待人生。

有些穿著黃衣裳的人正在唱歌跳舞，一位打扮豔麗的女孩沿路發送玫瑰，人人堆滿微笑——是的，明天會更好，儘管拉丁美洲與其他國家正在紛擾動亂。明天會更好，只因為沒有別的選擇了，我們無法回到過去，再讓清教主義當道，讓虛偽與謊言填滿地球的日夜。他回想起自己在火車上的驅魔舉動，以及他這輩子承受的各種責難，他認識或不知道的每個人都設法要他走的那條路。他想起他父母的苦處，突然想馬上打電話回家告訴他們：

別擔心，我很快樂，不久你們就會明白為什麼我不是念大學的料，我就是不能安分拿到文憑，找工作賺大錢。我天生就是要自由自在，這樣我也活得下去。我總會找到事情可做，總會想辦法賺錢，當然，我可以在未來的某一天決定結婚，成家立業，但不是現在——我想要活在當下，此刻此地，帶著孩童般的欣喜，畢竟這是耶穌基督賜予天庭的。如果我找到一份勞力差事，我不會有任何抱怨，因為它將允許我與大地、太陽與雨水共生共榮。如果我有一天需要關在辦公室，我也會毫無怨言，因為我會有同伴，我們會團隊合作，發現聊天、祈禱、大笑會有多棒，足以讓我們忘卻繁雜重複的日常工作。如果我需要獨處，我也會這麼做的；如果我墜入愛河，決定結婚，我會結婚，因為我確信，我的妻子，那將成為我生命中至愛的女子，會全心接受我作為男人，可以給予一個女人的最大幸福。

他身邊的年輕女子停下來買了一些花，她沒有把它們拿走，反而編了兩個花環，一個放在他頭上，另一個則放在她自己的頭上。這看起來並不荒謬，反倒是某種禮讚人生的方式，幾千年前，希臘人就是用月桂葉王冠推崇擁戴他們的英雄。它們或有可能逐漸枯萎，卻不如黃金沉重，也不需要時時保護。許多路人也配戴同樣的花環王冠，讓周遭一切更是璀璨熱鬧。

有人演奏木笛、小提琴、吉他、西塔琴——乍聽之下彷彿雜亂無章，但搭配這沒有人行道的大街卻再自然不過，這城市的特色就在這裡：到處可見腳踏車穿梭，時間彷彿慢了，但又莫名拾起步調節奏。保羅開始擔心速度加快後，他的美夢也要隨之破滅。

他不是在大街上行走，他正在自己的夢境中漫步，眾人都是血肉之軀，他們講著陌生的語言，紛紛轉身望著他身邊的女子，因她的美發出不自覺的微笑，一開始他會有點嫉妒，但很快地他便開始驕傲起來，畢竟她選中他當自己的夥伴。

偶爾會有人遞給他線香、手鐲、華麗五彩的外套，它們可能來自秘魯或玻利維亞，他很想全部買下，因為小販笑容滿面，不曾像店員堅持推銷，儘管被拒絕也不生氣。他知道如果自己買了一兩樣紀念品，能讓他們猶如上了天堂，可以得到一夜好眠，當然他也清楚，大家在這世上終究能找到生存之道。保羅得盡可能節省，在機票到期、盤纏用盡前，找到待在這城市的方法，到時日漸輕薄的錢包會讓他知道，自己需要掙脫美夢，回到現實了。

這種現實在街道與公園時而可見，路邊偶爾見到幾張小桌後面張貼的海報，提醒人們越共暴行——一位將軍冷血槍決越南平民的照片——這是在請路人簽名，加入請願行動，大家都簽了。

那時保羅也意識到，真正的文藝復興離接管世界還有很長的路要走，但它已經開始行動了，是的，它已經開始了。大街上的年輕人沒有一個人會忘記自己在這裡的體驗，等到他們回到自己的國家後，他們將成為和平與愛的傳道人。到時候，我們或有可能見證一個沒有壓迫與仇恨的世界，丈夫不會毆打妻子，也不會有人被吊起來凌遲至死……

……並不是說他失去了正義感——他仍對世界的不公感到害怕——但他需要休息，重新恢復力量，至少暫時如此。他年少時花了許多時間戒慎恐懼，現在是展現勇氣的時刻，讓他安穩走上不熟悉的人生道路。

他們走進販賣煙管、五顏六色的披肩，東方聖徒的雕像以及補丁的商店。保羅買了他要找的東西：幾顆可以鑲在夾克上的金屬星星，等他回到背包客旅舍就可以開始忙這件事了。

在城市的許多公園的其中之一，他看見有三個女孩沒穿襯衫與胸罩，她們閉上眼睛，以某種瑜伽姿勢對著太陽，但它似乎不久後就準備藏入雲層，得等到秋冬過後再隨著春天回來。他走近一看，發現廣場擠滿了中老年人，大家不是忙著上班，就是剛好下班，甚至懶得搭理裸身女孩，因為這既不違法，也沒什麼大不了，每個人的身體都是他或她的私事，自己可以決定用何種方式展現。

還有T恤，它們簡直是活動看板，有些上面印了吉米·罕醉克斯、吉姆·莫里森、珍妮絲·賈普林。但大多數的內容都與文藝復興相關：

> 今天是你餘生的第一天。
>
> 一場美夢比一千個現實更為強大。
>
> 每一個偉大的夢想都始於一個夢想家。

其中一段話特別吸引他的目光：

> 沒勇氣做夢的人，只覺得夢想難以預測，暗藏危機。

沒錯，體系無法容忍這一點，但夢想終究會勝出，在美國的越戰節節敗退之前就會出現。

他相信這一點。他刻意選擇變得癲狂，打算徹底享受人生，直到聽見使命召喚，再努力改變世界。他夢想成為作家，但時機未到，他也不確定書本是否有這種力量，但他會盡力向別人展示他們看不到的東西。

有件事是肯定的：現在沒有回頭路了。如今，只有眼前的光明坦途。

他遇到了一對巴西夫婦，迪亞哥與塔碧妲，他們注意到他外套上的國旗，過來自我介紹。

「我們是神之子。」他們說，然後邀請他造訪他們住的地方。

我們都是神之子，不是嗎？

話是沒錯，但他們隸屬某個教派，教主曾經感受到天啟。他想不想多認識？

保羅向他們保證他會的；這樣就算卡菈今天之後決定離他而去，他也已經認識新朋友了。

❖

但他們一離開，卡菈就扯下他夾克的補丁。

「你已經買了你要找的東西——星星比國旗美多了。如果你想要，我可以幫你設計成埃及十字星或和平標誌。」

「沒必要。妳該做的就只是開口問我，讓我自己決定我想不想繼續在袖子上繡補丁。我對我的祖國又愛又恨，但那是我的問題。我才剛認識妳，如果妳自以為能指使我，告訴我什麼該做，什麼不該做——命令我——只因為妳在某種程度上認定我會依賴我在這裡唯一真正認識的人，那麼，我建議我們最好各走各的。在這裡找到一個負擔得起的餐廳，應該不會太難。」

他口氣很硬，而且直接了當，卡菈反而認為他有這種反應是件好事。他不像是那種唯唯諾諾，被人牽著鼻子走的白痴，儘管身在不熟悉的城市，他仍然保有自己的個性與堅持。看來他之前的人生經歷一定非常刻骨銘心。

她將補丁還給他。

「把它收好吧，在我面前說我聽不懂的語言很沒禮貌，而且打算在這裡找到同胞也太沒想像力了。假如你等會又開始說葡萄牙語，我就改說荷蘭話，我話就說到這裡。」

餐廳不只是便宜——它完全**免費**，這神奇的兩個字往往讓一切更加美味。

「誰付錢？荷蘭政府嗎？」

「荷蘭政府不會讓任何公民挨餓，但今天我們是由喬治・哈里森買單，他信奉了我們的宗教。」

卡菈假裝認真在聽，表情卻是一臉無聊。他們一面走路，保持沉默，前一天靈媒說得準：這名年輕男子絕對是陪同她前往尼泊爾的完美伴侶——他話不多，不會強迫他人接受自己的想法，但他很清楚該如何為自己爭取，例如剛才的國旗補丁事件。她只需要找到合適的時機討論這個話題。

他們走到自助餐檯，在盤中裝了幾道美味的素食餐點，同時聽著一位身著橙衣的人對剛抵達的客人解釋自己的身分。這群人為數眾多，當時要讓西方民眾改信其他宗教幾乎是簡單到有點荒唐，因為大家都盲目崇拜東方異域的一切。

「你們過來時，一定有在路上見過我們的教友，」一位比較年長的男人說道，他留著白鬍子，渾身上下有種這輩子從來沒有犯過原罪的氣息。「我們宗教的原名有點複雜難唸，你們可以叫我們**哈瑞奎師那**——幾世紀以來，世人便是用這名稱認識我們，我們相信，不斷複誦『**哈瑞奎師那**，**哈瑞羅摩**，』就可以清空我們的頭腦，留下空間，讓能量進來。我們相信，一切都是一體，我們共享一個靈魂，而這靈魂的每一道光都能觸及傳播到它周圍最黑暗的那個點。就是這樣。想更認識我們的人，可以在離開前拿一本《薄伽梵歌》，填寫一份表格，就可以加入我們。你們無虞匱乏——這是我們開明的神在大戰前的承諾，當時一位勇士因參加內戰深感內疚。開明的神回答他，沒有人遭到殺戮，也不見人喪生——他唯一的責任就是聽從指令，履行職責。」

男子抓了一本對方提到的書籍：保羅目不轉睛地盯著那位宗師，卡菈瞪著保羅許久——她懷疑他之前完全沒聽過上述論點。

「喔，貢蒂之子，你可能會在戰場上被殺，回歸天庭星辰，或你將征服世界，坐享俗世王國，那麼，就帶著決心，起而戰鬥吧。」

宗師合起那本書。

「這就是我們現在該做的，而不是浪費時間說『這很好啊』或『那太糟了』我們需要成就自己的命運，今天，就是命運的安排將兩位帶到這裡。如果你們想要的話，用餐結束後可以跟我們一起到大街唱歌跳舞。」

保羅的眼睛亮了起來，他沒有必要開口，卡菈很清楚了。

「你不會想加入他們吧？」

「我當然想啊。我從來沒有在街上唱歌跳舞的經驗。」

「你知道他們只能接受婚後的性行為，而且強調那只是為了繁衍後代而非個人歡愉？這種號稱啟蒙人心的團體，竟然能夠拒絕、否認，甚至譴責如此美的事物？」

「我沒有想到性愛，我想的是跳舞與唱歌。自從我上次聽到音樂或開口唱歌已經不知道是幾世紀前的事情了，這幾乎等同於我人生的黑洞。」

「我今天晚上就可以帶你出去唱歌跳舞。」

這女孩為何對他如此感興趣？只要她想要，她就能找到任何男人。他想起自己的阿根廷友人——也許她需要的男人是那種對自己沒興趣的工作認命的傢伙。他決定試試水溫。

「妳知道〈日昇之屋〉嗎？」

他這問題可以有三種詮釋：首先，她是否真的聽過這首歌（由「動物樂團」唱紅）。其次，她究竟懂不懂這首歌的含意。最後，她會不會想去那裡。

「不要找我麻煩了。」

她原本以為這男孩還算聰明，有魅力，話不多，很好指使，但她認為他搞不清楚狀況。然而，最誇張的是，她需要他的程度遠超過他之於她。

「好吧，你要去就去，我就跟在後面。到頭來，我們總會找到彼此的。」

她認為有必要補充，「我已經過了我的哈瑞奎師那時期了。」但她終究忍下來了，免得把到手的獵物嚇跑。

這樣輕鬆跳舞很好玩，唱歌時還能扯破喉嚨，跟著那群身穿橘衣的人們敲響小鈴鐺，這些人對自己的生活似乎非常滿意。另有五個人也加入這個團體，隨著他們走上大街，更多人加入了。他不想失去她；他們兩人基於某種神祕的原因邂逅相遇，他需要繼續維持這份神祕——不用理解緣由，只要保持現狀就很好了。是的，她就在那裡，與他保持安全距離，不想被那群修士或實習修士瞧見，每次他們眼神相遇，就彼此會心微笑。

他們之間的聯繫更加鞏固堅定了。

他想起小時候讀過的《吹笛人》，故事主角為了報復請他表演卻賴帳的鎮民，決定催眠鎮上的孩童，利用他音樂的魔力帶著他們遠離父母與家鄉。就像現在，保羅就是孩子，在大街中央手舞足蹈，這一切與之前的他很不一樣，他花了好幾年的時間，研讀關於魔法的書籍，行使繁複的儀式，深信自己已經快成為半人半神。或許是吧，又或許不是，但唱歌跳舞似乎對他的心靈能造就同樣的效果。

躍動頌歌許久之後，他的頭腦已經完全清醒——任何思緒、邏輯與街道對他都不再重要，他只偶爾回到現實，確定卡菈緊隨在後。是的。他看得見她，如果她能就這麼長久留駐在他的生命，那就太棒了，儘管他只認識她三小時。

他確信，她亦有同感，否則她就會直接將他丟在餐廳了。

他開始理解奎師那在戰前對戰士阿朱那說過的話，經書沒有提到這一些，那些話全部出自祂的肺腑靈魂：

起而戰鬥吧，因為你需要如此，因為你正面臨一場大戰。

起而戰鬥吧，因為你與宇宙、星球、爆炸的太陽以及不斷收縮爆發的行星早已和平共存。

起而戰鬥吧，努力完成你的命運，不為斬獲或利益，失落或戰略，勝利或失敗。

你不該尋求的是自身的滿足，而是崇高無上的愛，祂只能給予世人一個閃亮璀璨的宇宙，也因此需要全然的奉獻——不應有所困惑質疑，就為了愛而愛，如此而已。

這份大愛誰也不欠，沒有義務，只需要在簡單的存在中找到快樂，自由表達自己就好。

❖

隊伍抵達水壩廣場，開始繞著廣場轉圈。保羅決定就此打住，讓剛才認識的女孩回到他身邊——她似乎不太一樣了，現在她更放鬆，在他面前好像更為自在。陽光已經沒有之前那麼灼熱，他也不太可能再次看到那群裸露上身的女孩，但是一切都與他的期望相去甚遠，此時，這對男女注意到他們先前坐的位置左側光線明亮。反正他們也沒什麼事，於是決定去看看那裡是什麼狀況。

反光鏡打在一名完全裸體的女模特兒身上，只有一朵鬱金香遮住她的下體。水壩廣場中心的方尖碑形成了她身後的背景。卡菈問其中一位助理，他們究竟在做什麼。

「替旅遊局準備宣傳海報。」

「你們就是這樣販賣荷蘭的形象？人人都會赤身裸體？」

助手轉頭離開，沒有回答她的問題。他們好像準備休息一下，化妝師走過來用粉底打亮模特兒的右胸，卡菈轉向另一位助理，重複了她的問題。

男人有點焦慮，請她不要打斷他工作，但卡菈知道他想幹嘛。

「你似乎很緊張。怎麼回事？」

「是光線，太陽已經快下山，等會廣場就要整個暗下來了。」助理回應，試圖擺脫這個無禮的女孩。

「你不是這裡人，對吧？現在秋天才剛開始，七點前都不會天黑。更何況，我有能力阻止日落。」

那人丟給她驚嚇的眼神。她得到了她想要的：他的注意力。

「你們為什麼用裸女跟鬱金香打廣告？這就是你們想讓世人認識的荷蘭形象

嗎？」

他以一種含蓄的惱怒語氣回答：

「什麼荷蘭？別說妳人在荷蘭。這裡家家戶戶窗子低矮，打開門就看見街道，蕾絲窗簾讓大家都看得見屋內的動靜，因為畢竟，這裡沒有罪人，每個家庭都是一本打開的書，對吧？告訴妳什麼才是荷蘭，親愛的：喀爾文教派的忠心信徒，除非證明罪孽存於心中、肉體與情感，否則人人都有罪。只有上帝的恩典才足以救贖，但不是人人都可得救，只有被揀選的那些人——妳到現在還不懂嗎？」

他點了一根菸，望著剛才還傲慢魯莽的女孩，如今神情已經透露出不安恐慌。

「這裡不是荷蘭，小朋友，這裡是阿姆斯特丹，櫥窗有妓女可挑，毒品氾濫街頭，一條看不見的防疫封鎖線團團包圍這裡。那些試圖將這些想法帶到城市的人真是值得敬佩，畢竟他們不僅不受歡迎，萬一衣裝不整，甚至連飯店都不會讓他們入住。但這些妳都知道，不是嗎？所以，麻煩往後退一步，讓我們工作吧。」

結果走開的是這個人——留下彷彿被狠狠揍了一拳的卡菈。保羅試圖安慰她，但她只是喃喃自語。

「這是真的。他說得對，這一切都是真的。」

怎麼會是真的？海關人員還戴耳環呢！

「這座城市被一道隱形城牆包圍，」她告訴他。「你想狂歡嗎？很好，我們就去找個人人可以為所欲為的地方，但可不能超過那道牆，否則你會被控販毒逮捕，就算你只是吸毒也一樣。或者我會被控妨害風化，因為我應該穿上胸罩，記得保持謙虛以及良好道德，不然這個國家將永遠無法進步。」

保羅有點嚇到了。他離她遠一點。

「我們約今晚九點，我答應會帶你去聽真正的音樂，然後再去跳舞。」

「真的沒有必要……」

「當然有必要。不要放我鴿子，之前從來沒有男人落跑喔。」

卡菈也有她的懷疑——她後悔剛才沒有跟大家在街上唱歌跳舞，原本他們可以因此更親近的。但不管怎樣，這些都是情侶們必須承擔的風險。

情侶？

「我這輩子都過度信任別人跟我說的話，但到頭來，失望透頂的是我自己，」她經常聽別人這麼說。「妳也會這樣嗎？」

當然了，但如今二十三歲的她，已經比較懂得看望自己。唯一的選擇——除了信任別人——就是將自己防衛起來，不去愛人，不做決定，把所有的錯誤推到別人身上。但這樣的人生有什麼意義？

相信自己的人，會信任別人。因為他們知道，一旦被人背叛時——人人都會被背叛，這就是人生——就有可能讓你重新洗牌。這也算是人生樂趣之一：承擔風險。

卡菈邀請保羅前往的夜店，雖然名字叫做「天堂表演基地」，不過它的前身其實曾經是一座教堂，起初為了容納當地宗教團體而建的，早在五十年代，它意識到儘管教派已經遵循改革後的路德派教義，但年輕教徒早就對他們興趣缺缺，一九六五年，為了維持教堂開銷，剩下的少數虔誠信徒決定放棄這座建築，兩年之後，這裡成為嬉皮的領地，他們在教堂的神聖殿堂找到了進行討論、開音樂會及舉辦政治活動的理想場所。

警方不久便驅離他們，但這三不管地帶最終還是讓嬉皮族群接收了——唯一的解決辦法不是訴諸暴力，就是政府睜一隻眼閉一隻眼。最後，長髮自由派以及西裝革履的官員間達成了協定，嬉皮可以在聖壇曾經矗立的地方搭建舞台，但他們的門票必須繳稅，教堂內的彩繪玻璃與古老磚牆也得悉心維護，不得破壞。

當然，政府根本沒拿到稅收，主辦單位總是聲稱他們舉辦的文化活動都虧錢，也沒人在乎是否再次遭到驅趕。不過，彩繪玻璃仍維持乾淨美麗，最細微的裂縫也迅速修復，能夠繼續展示天主的榮美。當被問到為什麼如此認真照顧古蹟時，那些負責的人回答：

「因為它們很美，當初設計、打造、鑲板的工匠花費了不少心血——我們需要展示我們的藝術，我們尊敬前人的創作成就。」

他們走過去時，人們正隨著當年的流行歌曲舞動。高聳的天花板並無法提供絕佳音效，但這重要嗎？保羅在吟唱「哈瑞奎師那」時，難道曾經考慮過音準？重要的是，人人歡欣微笑，抽菸抽大麻，彼此交換挑逗或僅只欣賞的眼神。當時，沒有人需要付入場費或稅——市政府自行吸收了，不只因為想避免任何不法行為，更因為希望好好維護市府補貼的古蹟建築。

從教堂現狀看來，加上剛才那位用鬱金香遮住重點部位的裸女，看得出來人們有意將阿姆斯特丹改頭換面，成為歐洲文化之都——嬉皮為城市重新注入活力，根據卡菈的說法，飯店也住滿遊客；大家都想認識這個彷彿群龍無首的民族，據說（當然這是謠傳），這裡的女人隨時準備好，與自己第一眼看上的男人上床。

「荷蘭人很聰明。」

「當然。我們征服了全世界，包括巴西。」

他們爬上一處環繞中殿的露臺。奇妙的是，這裡是音樂啞點，讓他們至少能說一點話，不被下方震耳欲聾的噪音干擾。但是，保羅和卡菈都不想說話——他們靠在木頭欄杆，坐下來看人們跳舞。她提議兩人下樓加入他們，但保羅說，他唯一懂得隨之起舞的音樂是「**哈瑞奎師那，哈瑞羅摩**。」兩人都笑了，點了一根菸交換著抽，然後卡菈對某人揮手，要對方過來——在煙霧繚繞中，他看出那是另一位女孩。

「我是葳瑪。」她自我介紹。

「我們要去尼泊爾。」卡菈說。保羅笑了。

葳瑪被卡菈的話嚇了一跳，但沒有特別說什麼。卡菈轉而與朋友說起荷語，請保羅包涵一下，保羅繼續看著下面跳舞的人群。

尼泊爾？所以，這位他才剛認識，似乎也很喜歡他陪伴的女孩，就要離開他了？她還說「我們」，似乎這趟冒險已經找好了旅伴。尼泊爾如此遙遠，機票一定花了一大筆錢吧？

他已經逐漸愛上阿姆斯特丹，但他知道原因：因為他不孤單。在這裡他沒必要找人攀談，因為他一到這裡，就結交了朋友，他很樂意讓她陪著他繼續探索這個城市。說他墜入愛河是誇大其詞了，但卡菈有著他喜歡的那種態度——她很清楚自己的方向。

但是尼泊爾？還得和另一個女孩？即使他不想要，到最後可能也得幫忙照顧保護對方——因為這是他從小的教育，但這已經超出他的經濟能力。他知道自己遲早得離開這有魔力的都市，他的下一站——如果當地海關允許的話——將是皮卡迪利圓環，那裡有來自世界各地的有趣人們。

卡菈還在與她的朋友交談，他假裝對播放的音樂很感興趣：賽門與葛芬柯、披頭四、詹姆斯・泰勒、山塔那合唱團，凱莉・賽門、喬・庫克、比比金、清水合唱團，每個月、每一天、每個小時，名單都越來越長。他還看到之前那對巴西夫婦，他們可能會介紹別人給保羅認識——但難道他能讓她翩然離開，正如她驀然走入他生命，來去自如嗎？

他聽著「動物合唱團」熟悉的旋律，想起自己曾經請卡菈帶他到日昇之屋。歌曲的結局很嚇人，他知道歌詞要表達什麼，但即使如此，它蘊含的危險卻仍讓他神往，充滿吸引力。

就這樣悲慘罪惡地
在日昇之屋度過餘生吧

那想法其實突如其來，卡菈對葳瑪解釋。

「能有掌控權真的很棒。否則原本可能把事情全搞砸的。」

「妳是說尼泊爾？」

「沒錯，總有一天，我會變老變胖，跟疑心很重的老公與小孩生活，讓我完全無法照顧自己，過著上班族的單調人生，最終習以為常：一切都是例行公事、完美的舒適圈、窩在自己的家裡。我還能回鹿特丹。善用國家提供的失業保險或社會安全體系。我隨時可以成為殼牌、飛利浦或海尼根的總裁，只因為我身為荷蘭人，這裡只相信自己人。我再不去尼泊爾，就來不及了——我真的老了。」
「妳才二十三歲！」
「日子過得比妳想像還要快，葳瑪，我提議妳也這麼做。趁現在還有健康以及一點點勇氣時。我們都同意阿姆斯特丹很無趣，但我們會這麼認為，是因為我們習慣自己的生活。今天，當我看到這個巴西男人，他眼睛發亮的模樣，我發現原來我這麼無聊，我看不見自由的美，因為我已經習以為常。」
她看向旁邊，發現保羅閉上雙眼，正在聽〈站在我身旁〉。然後她繼續。
「因此我需要發掘一些美——就是這樣。儘管有一天我終究會回來，但世界上還有許多我沒有看到或經歷過的。如果我再走這麼多未知的道路，我的心又要走向何方？如果我還不斷然離開，我接下來又何去何從？如果我對眼前的纜繩視而不見，我又能爬上什麼巔峰？當初我就是帶著這個目標從鹿特丹到阿姆斯特丹，試著說服幾個人繼續朝不存在的道路前進，搭上不會抵達任何港口的大船，眺望無邊無際的天空，但他們拒絕了——可能是怕我，也可能對我們未知的目的地心存恐懼。直到今天下午，當我認識這個巴西男人時，他不在乎我的想法，便隨著哈瑞奎師那的音樂穿越大街，唱歌跳舞。我也想這麼做，可是我擔心自己這樣反而造就了過於強勢的女人形象。但我不要再懷疑自己了。」
葳瑪仍然不理解為何是尼泊爾，或是保羅的出現對卡菈的影響。

「剛才妳在時，我提到尼泊爾，因為我覺得當下我應該這麼做。我注意到他不僅訝異，甚至是害怕。一定是某位女神激勵我那樣脫口而出。我已經不像今天早上或這星期急躁了——之前我甚至開始懷疑自己是否真能實現夢想。」

「妳想這麼做已經很久了？」

「沒有，最早我是從一份地下報刊的廣告看到的。從那時候起，我一刻都沒忘記過。」

薇瑪原本還想問她是不是那天抽了太多大麻，但此時保羅出現了。

「一起跳舞吧？」

她牽起他的手，兩人一起走向教堂中殿。薇瑪不確定該去哪裡，但這不是問題；一有人注意她獨處，就會過來找她聊天——在這裡，大家都會跟彼此找話題攀談。

他們走進無聲的雨幕，耳朵仍然因為音樂嗡嗡作響。他們得對彼此吼叫才能聽得見對方。

「妳明天會來嗎？」

「我會出現在你第一次見到我的地方，然後我需要買前往尼泊爾的車票。」

又是尼泊爾？車票？

「如果你想要，可以一起來，」她的口氣彷彿這是在幫他大忙。「但我想要帶你到阿姆斯特丹郊外走走。你見過風車了嗎？」說完她自己也笑了，世界就是這樣看她的國家：木鞋、風車、乳牛、櫥窗裡的妓女。

「那我們就約在老地方見面，」保羅回答，心裡有點焦慮，也有點高興，因為這位大美女——頭髮整齊梳理，插滿鮮花，長裙搭配身上的背心，身上帶著花果清香，從頭到腳都讓人嘆為觀止——竟然想再見到他。「我一點鐘左右到，我得睡一會兒。但是，我們不是說要去什麼日昇之屋嗎？」

「我說我會帶你去找，可沒說我會跟你去。」

兩人繼續走了大約五百碼，直到他們走到一處小巷弄，那裡有一扇光禿禿的門，裡面無聲無息。

「就是這裡，我想給你兩個建議。」她曾想過用「忠告」這個詞，但這兩個字應該是世界上最糟糕的兩個字吧。

「不要帶走屬於那裡的任何東西——在我們看不見的窗戶後面，一定躲了警察，盯著大家，監視大家。任何要離開的人就會被搜身。萬一有人順手拿走什麼東西，一定會被抓走。」

保羅點點頭，他懂了，然後問她的第二個建議是什麼。

「也不要嘗試任何東西。」

說完，她吻了他的嘴唇——那是個天真無邪的吻，承諾了許多，但仍然不屈從。然後，她轉身走回自己的旅舍。保羅獨自站在原處，自問是否應該進去。也許最好還是回到他自己的旅館，把下午買的金屬星星黏上夾克吧。

然而，他的好奇心佔了上風，他朝那扇門走去。

這裡門廊狹窄，光線昏暗，天花板極其低矮，在走廊盡頭，一名顯然有警察背景的光頭男子上下打量他——這就是有名的「身體語言測試」，目的在於衡量某人意圖、焦慮程度、財務狀況與職業。他問保羅身上是否帶了錢，有的，但這一次他可不打算像之前在海關那樣，一次就把錢全都拿出來。男子猶豫了一會兒，然後讓他進門——他不可能是觀光客，觀光客對這些東西沒有興趣。

地板有一些人躺在床墊上，其他人靠著紅色牆壁，他究竟來這裡做什麼？滿足某種病態的好奇心嗎？

這裡沒有人在說話或聽音樂，即使他病態的好奇心也僅限於眼前所見，人人眼睛都有同樣的光采；或該說，同樣缺乏光采。他試圖與一個同齡的年輕人說話，他的肌膚乾癟，臉上有斑，甚至沒有穿上衣，全身上下就像是被蟲子咬得亂七八糟，紅腫流膿。

另一個男人進來了——他看起來比這裡的孩子大上十歲，但他應該還是跟保羅差不多年紀，也是——至少目前是——這裡唯一清醒的人。不久之後，他也會進入另一個宇宙，保羅朝那人走過去，看自己能否從對方身上得到什麼，就算只是為了他未來打算寫的書蒐集一兩句話也行——他的夢想是成為作家。為此，他付出了高昂的代價：佯裝成精神病患、故意犯罪入獄接受酷刑施虐、讓他十幾歲時的女友母親心生厭惡輕蔑，更不用說那群看他奇裝異服打扮的同學們鄙夷的眼神。

然後，他復仇的時機到了——大家看到他初戀女友又美又有錢，全都露出羨慕的神情——接下來，他還開始環遊世界。

但在這種髒亂陳舊的環境中，他怎麼會只考慮自己？因為他需要找人說話。他坐在那位蒼老的年輕人身旁，望著他掏出一根把手彎折的小湯匙，旁邊還有一個看起來重複使用多次的針筒。

「我想要……」

那位小老頭站起來坐進另一個角落。保羅從口袋拿了相當於三四塊美金的紙鈔，放在湯匙旁邊的地板，他遇上了驚訝的眼神。

「你是警察？」

「不，我不是警察，我甚至不是荷蘭人。我想要……」

「所以你是記者？」

「不。我是作家。所以我才來這裡。」

「你寫什麼書？」

「還沒寫出來，我得先做點研究。」

那男人看看地板上的錢，又看向保羅，大概是懷疑像保羅這麼年輕的人竟然寫得出東西——可能是替「地下郵報」寫的吧。他伸手要拿錢，但被保羅攔住了。

「五分鐘就好。不會超過五分鐘。」

小老頭同意了——這是他為了「針頭之吻」放棄自己在一家跨國銀行擔任高階主管的大好前途後，第一次有人付錢買他的時間。

針頭之吻？

「沒錯，我們先用針頭戳自己好幾次，然後再打進海洛因，外人看來疼痛，但這卻只是序曲，好讓我們到達你無法想像的極樂境界。」

他們正在低語，以免引起人們的注意，但保羅知道，就算此時此刻原子彈掉在這裡，也不會有人想要逃走。

「你不能用我的名字。」

這個人已經敞開心胸，五分鐘過得很快。保羅能感覺到魔鬼在屋內出沒。

「然後呢？那是什麼感覺？」

「接下來，我很難描述——你得親身體驗。路．瑞德與地下絲絨樂團也有提過。」

因為在我拿矛戳進我的血管時
我感覺自己是個不折不扣的男人

保羅以前就聽過路・瑞德，這幾句話還不夠。

「拜託，設法描述一下，五分鐘過得很快。」

他面前的人深吸一口氣。一隻眼睛盯著保羅，另一隻眼睛盯著針筒。剛才他真該拿了錢就閃人，在被趕出去前擺脫這沒用的作家。

「我猜你也用過毒品。我熟悉大麻的影響：它會讓人飄飄然，充滿愉悅感，很有自信，只想做愛與大吃大喝。這些我都不在乎，那是我們被教導要過的人生。抽完大麻後，你只會想：『我終於注意到世界有多美了，』但這都得看你抽的劑量，否則最終你可能直接下地獄。吃下啟靈藥，你會心想：老天，我之前怎麼沒注意過？地球會呼吸，而且就像是處在五顏六色的萬花筒。這就是你想知道的嗎？」

他就是想知道這些，但他沒開口，讓小老頭繼續侃侃而談。

「海洛因就不同，你掌控了一切──身體、頭腦、藝術──一股巨大又難以形容的幸福接收了整個宇宙。你就是地球上的耶穌基督。你就是血管中的奎師那。佛陀從天堂對你微笑。這都不是幻覺，這是現實，真正的現實。你相信我嗎？」

保羅不相信，但他沒有說話，只是點點頭。

「第二天，沒有宿醉感，只知道自己曾經踏足天堂，卻又得回到這瘋狂的世界。你去上班，瞬間頓悟，原來，一切都是謊言，人們試圖讓人生合理化，有意義可言，彷彿它就是最重要的，然後自找苦吃，製造障礙讓自己跨越，因為這樣才會有種權威感，權力在握。但你再也無法忍受所有的虛偽，決定回到天堂，可是，天堂很貴，大門很窄。到了那裡，人人都會發現，生命太美好，太陽光芒四射，它根本不是你無法直視的無聊圓球。第二天，你搭火車上班，乘客的眼神比這裡這些人還空洞，人人都在想回家之後要做晚餐、開電視、逃離現實——媽的，現實才是白色力量，不是電視啊！」

小老頭說得越久，保羅越想嘗試，就這麼一次就好，他面前的人也看出來了。

「大麻讓我知道有一個我不屬於的世界。啟靈藥也是。但是，海洛因，老兄，海洛因才是我最想要的。它是讓我值得活下去的原因，無論人們如何看待它。只不過，它有一個問題……」

終於，還是有問題的。保羅需要馬上知道，因為他離針頭只有幾吋遠，就要第一次體驗海洛因了。

「問題在於身體已經建立耐受力，一開始我每天花五美元；到今天已經需要二十美元才能得到天堂。我已經變賣自己所有的財產，下一步就是要到街上乞討了；在那之後，我就要開始用偷的，因為魔鬼不喜歡上過天堂的人，我知道接下來會發生什麼事，因為你今天在這裡看到的每個人都有同樣遭遇，但我不在乎。」

真是奇特。人人對自己該站在天堂大門哪一邊都持有不同的看法。

「我想五分鐘已經到了。」

「是的，多謝你詳盡的解釋，非常感激。」

「在你下筆時，不要跟那些熱愛批判他人，卻不盡然瞭解他人生活的人一樣，請務必求真。再運用一點想像力填補空白。」

交談已經接近尾聲，但保羅沒有離去，小老頭似乎並不介意——他把錢塞進口袋，可能認為保羅已經付錢，沒理由不讓他在旁觀看。

他將一些白色粉末放上彎曲的湯匙，打火機放在它下面。粉末開始變成液體煮沸。那人請保羅幫他把綁帶緊綁在手臂上，直到他的血管爆出皮膚表面。

「有些人已經找不到血管，所以把毒品打在腳背或手背上，感謝上帝，我離這條路還很遠。」

他把湯匙的液體注入針筒，就像他剛才描述的那樣，用針頭先戳自己好幾次，然後期待自己打開天堂大門的那一刻。最後，他注射了液體，他的雙眼失去了渴望的光彩，反而變成如夢似幻，猶如天使，大約五到十分鐘之後，它們變得空茫無神，如果真能相信他的話，佛陀、奎師那與耶穌一定在他身旁。

保羅站起身來，跳過骯髒床墊上的身體，盡可能不要發出聲音，朝出口走去，光頭保全擋住他的去路。

「你才剛到。這麼早就要離開？」

「是啊，我沒有錢。」

「胡說。有人看見你給泰德錢（這一定是小老頭的名字）。你來這裡找客戶？」

「不是，我只是來這裡找人聊聊，你等一下可以問他我們聊了什麼。」

保羅作勢要離開，但那位巨人又擋住他。他開始擔心，雖然知道自己應該不會遭遇什麼不測；卡菈說過外面都有警方監視。

「我有個朋友想要跟你說話。」男子指著後面大房間的門，語氣表達得很清楚，保羅知道自己最好聽他的話。也許卡菈提到警察，是因為不希望他太擔心。

他知道自己別無選擇，走向了門口。他還沒走到，門就開了，裡面有個貓王造型的傢伙，但服裝並沒有太起眼。此人口氣友善地請保羅進門，還給了他一把椅子。

辦公室看起來一點也不像保羅在電影中看到的：打扮入時的女子端著香檳、戴墨鏡的男人手持武器。相反地，這裡很不特別——白色牆壁，牆上的便宜海報，辦公桌除了電話什麼也沒有。辦公桌——保養得不錯，但有點年代了——後方放了一張大相片。

「貝倫塔，」保羅用葡萄牙文說，沒發現自己脫口而出的是母語。

「太厲害了，」男子回答時也用葡萄牙文。「我們就是從這裡出發，開始征服世界。我可以倒一杯酒給你嗎？」

不，謝謝，他的心跳還沒有恢復正常。

「好吧，那好，我猜你很忙，」男人繼續，和善的表情有點與這裡格格不入。

「我們注意到你進來了，還準備離開，只跟其中一個客戶說話，你看起來不像臥底，只是單槍匹馬，獨自闖蕩這個城市，享受它所提供的一切。」

保羅什麼也沒說。

「你也沒有對我們這裡提供的優秀產品表現出任何興趣。你介意我看看你的護照嗎？」

他當然介意，但他不打算拒絕。他把手伸進腰包，將護照拿給那個人。他立刻後悔了——萬一這傢伙搶走了呢？

但這位神祕人物只是翻開頁面，微笑，把它還給他。

「啊，只有幾個國家——秘魯、玻利維亞、智利、阿根廷、義大利，當然更別提荷蘭了。我想你一定已經安全通過邊境，沒有遇上任何麻煩。」

完全沒有。

「你接下來會去哪裡？」

「英國。」

這是他立刻想到的答案，不過他可無意交待自己的完整行程。

「我想要你替我做一件事，我需要送一些產品——我猜你可能猜得到那是什麼了——我要送到德國杜塞道夫，只有五磅，可以輕鬆塞進襯衫下方。我們會買大一點的毛衣給你；大家在冬天都會穿毛衣外套。還有，你現在身上這件外套快要不能應付接下來秋冬的天氣了。」

保羅等著聽對方的提議。

「我們會付你五千美元——一半在阿姆斯特丹付款，另一半，等你將產品交給我們在德國的供應商時就會收到。你只過一處海關，如此而已。當然，這會讓你的英國之旅更愉快放鬆。那裡的邊境官員相當嚴格；他們通常會要求看『觀光客』帶了多少錢。」

保羅不可能聽錯，這筆錢足以讓他旅行兩年。

「現在只需要你儘快給我們答案，最好是明天。拜託，四點之後打公共電話。」

保羅收下對方遞過來的名片；上面印有電話號碼，或許因為貨物量極大，或者是他們怕有人會分析筆跡。

「很抱歉，我需要回去工作了。非常感謝造訪我這簡陋的小辦公室。我的所有行為都是在讓人們找到快樂。」

說完，男子站起身打開門，保羅再次走出房間，人們靠著牆壁，或躺在散落在地板的髒床墊。他從警衛身邊經過，這次他露出了瞭解的微笑。

他走進細雨，請神協助，照亮道路，不要在此時拋棄他。

他在自己不熟悉的區域，他不知道要如何回到市中心，他沒有地圖，他什麼都沒有，當然緊急招輛計程車不會有問題，但他想要在綿綿細雨下走一段路，等會似乎就要大雨傾盆，看來也沒辦法將一切沖洗得一乾二淨——例如他周遭的空氣、或他被五千美元擾亂的心情。

他向路人詢問該如何回到水壩廣場，許多人根本不理他——又是一個瘋瘋癲癲的年輕嬉皮，找不到自己的同伴對吧？最後，終於有一位好心路人——一位正在擺第二天報紙的報攤小販——賣給他一份地圖，教他如何找路。

他回到旅舍，夜班保全拿出特殊螢光小燈確定他手上是否還留著當天印記——這裡的房客每天出門前，手臂都會蓋上隱形墨水的印章。沒有，當天的蓋章已經消失了，畢竟他才經過漫長無止境的二十四小時啊。他需要付另一晚的錢，但他開口求情，「拜託，不要蓋章，我得先梳洗淋浴，我超級髒的，你無法想像。」

保全同意了，要求他半小時內就回來，因為他輪值就要結束，快下班了。保羅走進男女合用的浴廁，人人都在大聲說話，他回去自己房間，抓了上面寫有電話號碼的那張小紙條，走回浴室，全身脫光，只剩下手上那張紙條。他做的第一件事就是將它撕成碎片弄濕，這樣他就再也不能將它拼湊回去，最後，他把紙屑丟到地板上。有人出聲抱怨——說這裡不應該亂丟垃圾，後面有垃圾桶，但他沒有看對方，也沒有解釋——他聽從了對方的指令，他很久沒有這麼做了。

他回去淋浴間，心情放鬆多了：他自由了。當然，他可以回去剛才那裡，再要一次電話，但他知道他應該進不去。他有過機會，卻沒好好把握。

他卻非常開心。

他躺在床上，他的惡魔離開了，他很確定。那些魔鬼期待他接受它們的提議，為它們的國度帶來更多臣民。他認為這樣想有些荒謬——畢竟，毒品早就妖魔化了，但在這種情況下，人們是正確的。真是誇張——他向來將毒品視為良知的延伸，如今卻衷心期盼荷蘭警方掃蕩那些日昇之屋，把那些毒蟲逮起來，將他們送走，遠離那些一心追求和平與愛的人們。

他試著與神或天使對話，因為他睡不著。他走到衣櫥，裡面有他的行李，他從脖子拿了鑰匙，抓起一本筆記，他經常在上面寫一些想法與體驗。但他無意報告今天泰德告訴他的一切——未來他也不太可能將它們寫下來。他只記錄了想像中，神與他的對話：

海與浪沒有什麼區別
浪湧時，它是水構成的
浪在沙灘上碎裂時，仍然是水構成的。
告訴我，主啊：為什麼它們是一樣的？之前的奧祕與終點究竟在哪裡？
主回答：萬物與眾人皆相同，這就是奧祕，也是終點。

卡菈到的時候，巴西人已經到了，他的眼袋超大，似乎整晚沒睡，或是……她寧願不去想其他可能，因為這表示他再也不值得她信任了。她已經習慣他的存在與氣息。

「那，我們去看荷蘭的風車吧？」

他慢慢站起來，開始跟著她。他們搭上一輛公車，帶他們離開阿姆斯特丹。卡菈告訴他需要買票——車內有一臺機器——但他寧可不理她的警告；他睡得不好，整個人很疲憊，需要盡快恢復力氣，他覺得自己的力量緩緩回來了。

風景沒有變化：遼闊的平原，偶爾被堤壩與開合橋打斷，駁船運送貨物緩緩經過。他完全看不到任何風車的蹤跡，但現在是大白天，陽光耀眼，卡菈開始評論這很難得，因為荷蘭總是陰雨綿綿。

「我昨天寫了點東西。」保羅說，從口袋裡拿出筆記本，大聲朗讀。她說自己沒有特別喜歡，也沒有特別不喜歡。

「海在哪裡？」

「海就在我們腳下。有一句古老的諺語：上帝創造了世界，但荷蘭人創造了低地國，真正的大海離我們非常遠——我們不可能在一天內都看到風車與大海。」

「沒有，我沒有想看海，對風車也還好——我想觀光客一定為它趨之若鶩。但那不是我想要的旅行方式，想必妳也意識到了。」

「那你剛才為什麼不說？我也厭倦走同樣的老路向外國朋友展示一些與原本的目的早就天差地遠的景點。早知道我們就留在城裡。」

……然後直接去賣公車票的地方，她心想。但是她沒說出口；她在等待最恰當的時機出擊。

「剛才我沒有說什麼，因為……」

……之前的遭遇脫口而出，他無法控制。

卡菈站著傾聽，鬆了一口氣，但有點擔心。他的反應是有點誇張吧？保羅難道是那種情緒時而極端狂喜，時而抑鬱寡歡的人嗎？

他說完後，感覺好多了。女孩安靜聽著，沒有評判他，她不認為他把五千美元白白丟了，也不覺得他很軟弱，光這樣就讓他感覺更強大了。

他們終於抵達風車，那裡有一群熱鬧的觀光客正在聽導遊解說：「最古老的風車可以在（無法聽清楚的地點）找到，最高的是（聽不清楚），它們用來磨碾玉米、咖啡豆、可可、製油，協助當年偉大的海上探險家將木屑軋制成船板，於是，荷蘭人能夠乘風破浪，拓展帝國疆域……」

保羅聽到公車掉頭的聲音，他抓住卡菈的手，求她快快回到城裡。兩天之後，他與這群觀光客根本不會記得風車的用途。他長途跋涉千山萬水，可不是來聽這種東西的。

回程上，有位女子在某站上了車，手上的臂章寫著**收票員**，開始跟乘客要車票檢查。輪到保羅時，卡菈眼神看著遠方。

「我沒票，」他回答。「我以為公車免費。」

收票員一定聽過這種藉口上千萬次，因為她的反應看起來排練了好幾次，人人都認為荷蘭政府大方慷慨，但說真的只有超級大白痴才會認定自己可以搭霸王車。

「你在其他國家也免費搭車嗎？」

當然沒有，但他也沒見過……他發現卡菈用腳輕推他，他決定不再爭論，他付了二十倍的車票錢，還得承受其他乘客的輕蔑神情——他們都是喀爾文主義信徒，奉公守法，完全不是那種會經常光顧水壩廣場或周圍地區的人。

他們下車時，保羅不太自在——他是否刻意將他的存在強加在這個好女孩身上，儘管她也很堅持要得到自己想要的？難道現在兩人該說再見，讓她繼續過她的人生嗎？他們幾乎不認識彼此，卻已經相處了超過二十四個小時，但一切卻又那麼自然。

卡菈一定會讀心，因為她邀請他和她一起去旅行社，買車票到尼泊爾。

車票！

這簡直瘋狂得令他無法想像。

所謂的旅行社不過是一間小小的辦公室，裡面唯一的員工自我介紹，說他叫拉爾斯，姓氏沒聽清楚，總之是讓人記不起來的發音。

卡菈問下一班魔法巴士（這是它的名稱）何時出發。

「明天。我們只剩下兩個位置，快要沒位了。如果你們兩個不去，沿途也會有人攔車。」

至少她沒時間改變心意了……

「女人獨自旅行會不會危險？」

「我懷疑妳會獨處超過二十四小時。在妳到達加德滿都之前，妳會認識所有的男性乘客。包括妳與其他獨自旅行的女生。」

真怪——卡菈**從來沒有**考慮過這種可能性。她已經花了大部分的時間找旅伴，那些嚇壞了的小男孩只準備探索他們已經知道的地方——對他們而言，就連拉丁美洲也很危險。他們喜歡躲在媽媽的裙底下，假裝自己自由自在。她注意保羅試圖隱藏他的不悅，這讓她暗自竊喜。

「我要一張單程車票。回程我之後再想辦法。」

「去加德滿都？」

這輛魔法巴士沿接運乘客——慕尼黑、雅典、伊斯坦堡、貝爾格勒、德黑蘭或巴格達（以上兩地要看哪條路線開放）。

「加德滿都。」

「妳確定不去看看印度？」

保羅看得出來拉爾斯與卡菈在調情。那又怎樣？她不是他女友，只不過是這幾天才認識的女孩，友好善良，卻與他謹慎保持距離。

「到加德滿都車票要多少？」

「七十美元。」

七十美元就可以抵達世界的另一端？這是什麼公車啊？保羅無法相信自己的耳朵。

卡菈從腰包拿出鈔票，然後交給旅行社人員。這個叫拉爾斯的傢伙填了一張收據，看起來跟餐館收據沒兩樣，除了當事人的名字、護照號碼與最終目的地外，什麼資訊也沒有。然後，他將收據蓋滿章，老實說，它一點意義也沒有，只讓整件事看起來有點重要性罷了。最後，拉爾斯將收據遞給卡菈，還附了一張地圖。

「邊界關閉、天災、武裝衝突，都不會退款。」

她完全瞭解。

「下一班魔法巴士又是什麼時候出發？」一直保持沉默的保羅開口問。

拉爾斯的語氣有點敵意。「看情形，我們這不是一般的公車路線，你應該也知道。」他把保羅當白癡。

「我知道，但你沒有回答我的問題。」

「理論上而言，假如科特茲的巴士沒有狀況，他會在兩星期內抵達，休息一會兒，月底前出發。但我無法保證——科特茲跟我們其他司機一樣……」

他說「我們」，彷彿自己代表一個大企業，之前他甚至一直否認這一點。

「……不喜歡一直走同樣路線。車子都是他們自己的，科特茲可以決定路過馬拉喀什，或者喀布爾[3]。他常提到這兩個地方。」

卡菈跟對方說再見，臨走前還丟給那位瑞典人致命挑逗的眼神。

「如果不是我太忙，我也可以自己開，」拉爾斯回應卡菈的眼神時，這麼說道。

「我們就可以更瞭解彼此。」

他完全將女孩的男伴當空氣。

「一定有機會讓你表現，等我回來，再找時間喝咖啡聊聊。」

就在那一刻，拉爾斯沒了旁若無人的狂妄語氣，說出大家意料之外的話。

「走到盡頭的人，再也沒有回來——至少兩三年內都不會回來了，這是司機們告訴我的。」

遇上綁架？行兇搶劫？

「不，都不是。加德滿都的暱稱是『香格里拉』，有天堂幽谷的意思。一旦習慣海拔高度，你就會在那裡找到你需要的一切，你不太可能再想住回城市了。」

當他遞給她車票時，另外給了她一張標有所有站點的地圖。

「明天十一點，大家都會在這裡集合，車子不等人。」

「不會太早嗎？」

「待在車上那麼久，絕對有足夠時間讓妳補眠。」

3 Kabul，阿富汗的首都。（編按）

卡菈頑固堅持，前一天當他們在水壩廣場見面，到處閒逛時，她便決定要找保羅同行。儘管他們相處不超過一天，但她很喜歡他的陪伴。她更放心的是，自己永遠不會愛上他，因為她已經覺得這位巴西人有點怪，需要讓她好好想一下。就她而言，最棒的就是與一個人朝夕相處一星期左右，在對方的魅力消散之前，好好把握時光。

如果維持現狀，她將自己認定的理想伴侶留在阿姆斯特丹，她的旅行將會因為不斷想起他而掃興無趣。更何況，萬一這位理想男伴仍令她念念不忘，她很有可能會中途折返，然後他們最終會結婚——這可完全不在她這輩子的計畫之內——要不就是他會出發到遙遠陌生的國度，那裡的大城市滿街都是印度人與蛇鑽來鑽去（她覺得那畫面有點想像力過度豐富了，人們也是這麼描述他的國家）。

對她而言，保羅就是在對的時間出現的那個人。她不打算將自己的尼泊爾之行變成一場噩夢——沿途不斷婉拒其他男人的邀約。她之所以去，是因為這似乎是她所做的最瘋狂行徑，遠超出她極限——她從小到大的教養，從未讓她逾矩。

她不會在大街隨著哈瑞奎師那手舞足蹈，她不會聽那些印度宗師的話，這些人只會教人如何「清空自己的心智」。彷彿只要留下空無一物的腦袋，才能聽進神的話語，與神更接近。她早年曾有些這方面的挫敗經驗，如今她只相信必須直接與最崇高的大神交流，但對祂，她既敬又畏。她唯一在乎的是孤獨與美麗、與神直接溝通，還有，最重要的是與當今世俗保持一定的安全距離，因為她對它已經太瞭解，完全不感興趣了。

她這麼年輕，就已經看透這一切？未來她總有可能會改變主意的，但是正如她在咖啡店對葳瑪說過的，西方人信念中的天堂——真正是個瑣碎單調乏味的地方呢。

保羅與卡菈坐在一家咖啡館外，這裡只賣咖啡與小餅乾——其他地方賣的東西可不只如此。他們面向著太陽——又是陽光明媚的一天，前一天才傾盆大雨——他們知道得好好把握老天爺的祝福，畢竟大好天氣得來不易。離開旅行社後，他們一直沒有說話，其實那間窄小的辦公室也讓卡菈嚇了一跳——她原本預計會看到更專業的場所。

「所以……」

「……所以，今天可能是我們在一起的最後一天。妳往東，我朝西……」

「皮卡迪利圓環，你會發現那裡就是這裡的副本，唯一的區別是圓環中央的墨丘利信差之神雕像，比廣場的陽具符號好看多了。」

卡菈沒有察覺，自從保羅在旅行社聽到她與人談話後，開始有股難以置信的渴望想加入她。尤其是可以去一生可能只去一次的地方——整趟只需要花七十美元。他個人拒絕接受自己已經愛上眼前這位女孩的想法，因為那不是真的，儘管很有可能，但他永遠不會愛上一個不打算回報他的愛的對象。

他開始研究地圖：他們會穿越阿爾卑斯山脈，經過至少兩個共產國家，抵達他生命中第一個穆斯林國家。過去他讀了很多旋轉苦修僧的故事，他們潛心跳舞，打開自己的身心靈，在巴西時，他還曾經到國家劇院看相關團體表演。長久以來唯能在書頁窺知一二的人物，竟然有機會在他眼前成真，令他非常感動，印象深刻。

而且只要七十美元。更能與他同樣擁有冒險精神的人們陪伴。

是啊，皮卡迪利不過是個都市圓環，大夥圍坐一起，警察手無寸鐵，酒吧在晚上十一點關門，加上參觀歷史古蹟的嘈雜旅遊團。

沒幾分鐘他就改變主意了——冒險比城市廣場有趣多了。古人說，改變就是恆常——畢竟生命稍縱即逝。沒有改變，就沒有宇宙。

他真的能這麼快就改變心意嗎？

當人下定決心獻身靈性道路時，多半是情緒驅動著前進。原因可能很崇高——信仰、手足之情或是慈善。或者，它也可能只是一時衝動——對孤獨的恐懼、好奇，或是渴望被人所愛。

這些不重要了。真正的靈性之旅比引導我們走向它的原因更為強大。它慢慢紮根，帶來愛、紀律與尊嚴。待我們回首往事的那一刻到來，我們會記得自己邁開腳步，開始旅程的模樣，我們會笑自己。但我們有能力成長，起初，驅動我們走上那條路的理由各自不同，我們自己或許認為它至關緊要，但其實微不足道。關鍵在於，我們下定決心，改變自己的人生方向，這才是最重要的。

神的愛遠比帶領我們走向祂的理由更強大。保羅的每一絲靈魂都深信不疑。他知道神的力量無時無刻與我們同在，允許它進入我們的心靈、呼吸與感受，需要很大的勇氣——一旦我們意識到，自己只是祂意志的工具容器時，我們更需要鼓起勇氣，改變我們的心，實現祂的意願。

❖

「我猜妳在等待我答應，因為昨天在天堂表演基地時，妳已經小心翼翼地設下陷阱了。」

「你瘋了。」

「我本來就是。」

沒錯，她真的希望他能與她同行，但是，雖然女人都知道男人在想什麼，她可不能多說。萬一她說錯了，他可能會覺得自己像個征服者，或更糟的是，像個被征服的奴隸。保羅算是佔上風了，他提到「陷阱」。

「回答我的問題：妳想要我去嗎？」

「隨便，無所謂。」

拜託與我同行吧，她想。不是因為你特別有趣——老實說，旅行社的瑞典人展現出更大的自信與決斷力。只因為我和你在一起時，我感覺真的很棒。你聽了我的建議，拒絕替毒販夾帶海洛因到德國，拯救許多人的性命，這讓我更感光榮。

「隨便，無所謂？妳是說，妳沒差？」

「是的。」

「那，如果我現在回去旅行社買最後一張車票，妳也不會特別開心或不爽？」

她看著他笑了。她希望自己的微笑能表達——如果保羅當自己的旅伴，她真的會很高興——但她不能也不會用語言表達。

「咖啡錢給妳出，」保羅站起來。「今天買車票罰錢已經花了我一大筆錢了。」

保羅看出她的微笑，知道她需要掩飾自己的喜悅。她說出想到的第一個念頭：

「在這裡，女人向來分攤帳單。我們從小沒有被教導成為男人的玩物，你被罰錢是因為你不聽我的話。我才不在乎你聽不聽，總之，我今天會買單。」

這女人真煩，保羅心想。凡事都有意見——但他熱愛她獨立自主的一分一秒。

他們走回旅行社，他問她她是否真認為他們到得了尼泊爾，如此遙遠，車票竟然這麼便宜。

「幾個月前，我看見這輛巴士的廣告，聲稱可以帶我到印度、尼泊爾、阿富汗——車資只要七十到一百不等，我也很懷疑。後來我在獨立報刊《方舟》看到某人講述經歷，立刻決定也要這麼做。」

她沒說她還想待好幾年再回來。保羅可能不喜歡得獨自搭回程車好幾千哩，讓兩人分隔兩地。

但這些讓他未來慢慢搞懂吧——人生不就是一連串釐清思緒的過程嗎？

大名鼎鼎的魔法巴士毫無魅力特點可言，它跟她在旅行社看到的海報完全不同——海報上的它，車身亮麗鮮豔，都是塗鴉、彩繪與留言。眼前的這輛公車應該曾經是校車，因為座椅不能往後倒，車頂甚至有金屬架放汽油桶與備胎。

司機把大家集合起來，現場大約有二十個人，看起來彷彿全都從同一部電影走出來：年紀介於逃家青少年（這是其中兩個小女孩，但也沒人檢查她們的身分證）到一名眼神總是遠眺地平線的年長男子，他似乎已經得到長久以來夢寐以求的啟發，如今終於決心展開旅程，一段漫長的旅程。

有兩位司機：一位有英國口音，另一位顯然是個印度人。

「我討厭規定，但我們確實有一些規則需要遵守。第一：不可以攜帶毒品跨越國界。在一些國家，你可能會去坐牢。但在其他國家例如非洲，你是可以被砍頭的。我希望大家都仔細聽好了。」

司機暫停，確定大家都聽懂。他瞬間讓眾人專心了。

「巴士下方的置物空間，我不打算放行李，我帶的是好幾加侖的飲用水以及口糧。牛肉醬、蘇打餅、能量棒、焦糖巧克力、柳橙汁、糖及鹽。在我們抵達土耳其之前，要有心理準備吃冷食。」

「過境時，你們會領到觀光簽證。這是要錢的，但不會太貴，有些地方可以讓你們下車，例如共產黨統治的保加利亞，其他時候不能想下車就下車。出發前去好好上個廁所，因為我可不會特別為了誰停車。」

司機瞄了一眼手錶。

「該出發了。將你們的背包帶上車，我希望你們都帶了睡袋。晚上會停下來，有可能是我知道的加油站，但我大部分都會停在偏僻的鄉下。有些時候——比如伊斯坦堡——我可以找到一些便宜旅舍。」

「我們不能將背包放在車頂，讓雙腳有更多的空間嗎？」

「當然可以，但當我們停車休息喝咖啡時，萬一它們不見了，也不要太驚訝喔。車子後面有放行李的空間，一人一件，之前給你們的地圖背後都有解釋。礦泉水費用不包含在票價內，我希望你們自己帶水壺。停車加油時，就可以裝水。」

「萬一有狀況呢？」

「什麼意思？」

「例如有人生病。」

「我有急救包。但是，顧名思義，只是應急而已，足以讓病患撐到可以處理病情的城鎮，有問題的人會被留下接受治療。所以，你們除了想利用這趟旅程治療自己的靈魂之外，也一定要用同樣心情照顧身體。我相信你們都有接種黃熱病與天花疫苗。」

保羅已經接種了黃熱病疫苗——巴西人出國一定得打這個疫苗，或許因為外國人總是認定巴西人為超級帶原者。但是他一直沒有打天花疫苗，大家都覺得這是小孩才會得的傳染病——例如痲疹——染上了就自然會有免疫力了。

不過司機也沒要求看大家的疫苗卡。人們陸續上車選位。不止一個人馬上將背包放在他們旁邊的座位，但司機很快就將它們拿起來丟到後面。

「笨蛋，還有其他人要坐，好嗎？」

那兩個可能拿了假護照的未成年少女坐在一起。保羅坐在卡菈旁邊，他們做的第一件事就是討論好輪流坐在窗戶旁。卡菈建議每三小時換一次位子，這樣他們就可以睡個好覺，晚上則是她坐在窗邊。保羅覺得很不公平也沒道理，因為她可以靠窗睡覺。最後彼此終於同意兩人每一晚輪流坐在窗邊。

引擎發動，這輛與「魔法巴士」外號毫無關聯的校車開始了漫漫千里路，帶他們前往地球彼端。

「剛才司機說話時，我怎麼有種感覺，我們要展開的不是一趟刺激的冒險，而是某種無趣的兵役，就像在巴西。」保羅對旅伴說，想起自己搭車下安地斯山時曾經發誓絕對不搭巴士長途旅行，結果他一次次打破這個誓言。

這句話激怒了卡菈，但她總不能旅途才開始五分鐘就找他吵架或換位子。她從手提袋拿了一本書，準備開始看書。

「我們終於要去妳想去的地方了，開心嗎？對了，那個旅行社員工根本胡扯，位子還很空。」

「他沒有亂說，你也聽到司機說了，沿途還會有人上車。我才不是去自己想去的地方，我是回去那裡。」

保羅聽不懂她的意思，她也沒有進一步的解釋，他決定不吵她，專心觀察周遭遼闊的平原，偶爾還有四通八達的運河交錯。

神如何創造世界？荷蘭人為何又創造了低地國？地球上難道沒有其他等著被征服的土地嗎？

兩小時後，大家都成了好朋友——至少都彼此自我介紹過了，有一群澳洲人隨時微笑，極度友善，卻不太想聊天。卡菈也是；她假裝讀那本她早就忘記標題的書，但她一定滿腦子都在想他們的目的地、抵達喜馬拉雅山區後的種種體驗，即使它仍離他們千哩之外。保羅從過去經驗知道這會讓人非常焦慮，但他沒有多說話；只要她不亂發脾氣就好。如果她這樣做，他一定換座位。

他們後面是一對法國父女，兩人似乎有點神經質，但相當熱情，坐在他們旁邊的是一對愛爾蘭情侶，年輕男人立刻自我介紹，趁機告訴他們，他之前已經去過尼泊爾，現在是帶女朋友回去——「如果我們到得了。」——因為加德滿都至少得待上兩年才過癮。他回來是因為有工作在身，但他已經辭了它，賣掉自己多年蒐藏的汽車模型，籌了一筆小錢（小汽車竟然這麼值錢？）把公寓租人。他找女友同行，他笑得非常開心。

卡菈聽到「至少得待上兩年才過癮」，立刻不再假裝看書，問對方原因。

這位愛爾蘭人名叫雷楊，他解釋，在尼泊爾時，他感覺自己走出了時間，踏入一個平行時空，在那裡，一切皆有可能，雷楊那位淡定女友梅瑟則不以為然，她顯然一點也不相信任何人需要在尼泊爾浪費時間。

但是看起來她對男友的愛佔了上風。

「你說『平行時空』是什麼意思？」

「當你快樂時，一種接收你身心靈的精神狀態，你的心充滿了愛。突然間，你日常生活的一切都有了嶄新意義；眼前的世界繽紛活躍，之前讓你煩心的瑣事——冰冷的雨滴、孤單、學業、工作——全都有不一樣的面貌。因為，至少在那霎那瞬間，你注入了宇宙的精髓，品嚐了眾神的果蜜。」

這位年輕的愛爾蘭人看來很得意，因為他竟能將只能意會無法言傳的經驗描述得如此極致。但梅瑟似乎不喜歡跟可愛的荷蘭女孩說話——她正在進入完全相反的平行時空：瞬間醜陋，令人窒息的空間。

「當然，我們日常生活的枝微末節會瞬間化為一無所有，」雷楊繼續，似乎猜到女友的心思。「世上存在著無數個平行時空，我們搭上這輛巴士，因為這是我們的選擇；我們眼前還有數千哩，但我們可以決定自己旅行的方式：尋找那曾經看來遙不可及的夢想；或因為位子不好坐，同伴惹人厭而抱怨連連；我們現在設想的一切，都會為我們這趟旅程定下基調。」

梅瑟裝作沒聽懂這段話是在針對她。

「我第一次去尼泊爾時，知道自己與愛爾蘭仍有不可打破的協定。我腦海一直有聲音告訴我：『活在當下，盡情享受一分一秒，因為你得回家了，不要忘記多拍幾張相片，讓朋友知道你有多勇敢、無所畏懼，更有他們想要卻不敢放手做的人生經驗。』」

「直到有一天，我與另外幾個人一起到喜馬拉雅山區一處洞穴參觀。我們驚訝發現，在幾乎鳥不生蛋、寸土不生的惡地上，竟然冒出了一朵小花，比手指頭沒大多少。我們覺得這簡直是奇蹟，一個徵兆，為了表達我們的敬意，我們決定手牽手，吟誦經文。幾秒鐘後，洞穴彷彿振動了起來，我們不再感到嚴寒，遠處的山巒似乎更近了。為什麼？因為曾經住在那裡的先民，留下了幾乎觸手可得的愛，那脈動足以讓所有造訪當地的人們為之折服。就像風吹過的小花種子——因為，我們全都強烈渴望，期盼世界變得更美好——得以成長茁壯，撼動了所有看見它的人。」

梅瑟一定聽過這故事好幾次了，但保羅與卡菈完全被雷楊的話迷住了。

「我不知道我們在那裡待了多久，但當我們回到修道院，對僧侶敘述我們的經歷時，其中一位告訴我們，曾經有位他們視為聖人的隱士住在那裡好幾十年。僧侶們還說，世界瞬息萬變，人類的七情六慾只會越見強烈鮮明。憎恨會更激烈，深具毀滅性，唯有愛能照亮一切。」

司機打斷了他們的對話，他宣布，理論上，我們該朝盧森堡前進，在那裡過夜，但由於乘客似乎沒人打算在大公國下車，不如繼續開進德國，到了一個叫多特蒙德的城市後，露宿路邊。

「現在我要暫停，讓大家覓食，我打電話回辦公室，讓他們通知下一批乘客要提早搭車。如果沒有人要去盧森堡，會省下不少時間。」

車內響起掌聲。梅瑟與雷楊準備坐回自己的位子，但又被卡菈攔住。

「我還以為人只能透過冥想進入平行時空，同時將自己的心交給大能的神，不是嗎？」

「我每天都這樣做。但我也每天都會回憶起那個洞穴。懷念喜瑪拉雅山區。想到那些僧侶。我認為我在所謂的『西方文明世界』已經用掉不少時間，現在的我追求的是新的生命。更不用說，當前的世界每天都在變化，正向與負面都有其力量拉鋸，但我——我們——並不打算面對人生的黑暗面。」

「沒有必要。」梅瑟說，這是她第一次加入對話，看來她已經克服了剛才的不悅。

從某種意義上說，保羅理解雷楊說的一切。他也有過類似的經驗——許多時刻，他得在復仇與愛戀間做出選擇，他總是選擇愛情。當然這選擇並不總是正確，偶爾他還被稱為懦夫，因為驅策他的是恐懼，而非那渴望世界更加美好的真心。但他終究是人，擁有各種弱點；他仍然無法完全瞭解發生在他生命中的一切，但他誠摯希望自己正朝著光明前進。

在他登上巴士後，這是他首度意識到，生命的篇章早就寫好了，他需要踏上這段旅程，去見那些人，做那些他經常說教卻一直沒勇氣做的事：將自己送上宇宙。

隨著時間過去，旅人分成幾個小團體，多半以語言為區分，其餘的就是曖昧的性愛情愫。除了那兩位離大家遠遠的小女孩，她們大概以為大家都在注意她們——其實沒有。一開始的五天過得很快，大家還在互相摸索熟識，交換自己的人生故事。冗長的行程只偶爾被停車加油加水打斷，或者買個三明治、喝個咖啡，上個廁所。其餘則是談話、談話，以及更多的談話。

大夥都睡在星空下，不因為寒冷而發抖，而是充滿感激凝視夜空，知道自己可以與沉默對話，更能有天使相伴，他們感覺自己彷彿瞥見了祂們的身影，就算是一瞬間也好——霎那間，他們被永恆與無限包圍了。

保羅和卡菈跟著雷楊與梅瑟——更確切地說，梅瑟算是心不甘情不願加入了這個小團體；她已經聽過很多關於平行時空的故事。她的參與僅限於不斷監視她的男人，免得她被迫中途脫隊回頭。她始終沒有太努力讓自己做一些比較簡單的事：繼續保持有趣，她已經與雷楊交往兩年了。

保羅也注意到愛爾蘭人，此人一逮到機會便打聽他跟卡菈是不是伴侶，卡菈直接回答：

「不是。」

「好朋友？」

「不算。只是旅伴。」

這不是事實嗎？保羅決定接受現實，忘記無謂的浪漫思緒。他們是兩名航向遠方的水手；儘管同睡一處艙房，卻是一個人睡上鋪，一個人睡下鋪。

雷楊對卡菈越有意思，梅瑟就越沒安全感，她的憤怒與日俱增，畢竟這並沒有經過她的允許。當然，接下來必然出現一個現象——她會開始找上保羅，坐在他旁邊，甚至將頭放在保羅肩上，聽著雷楊叨絮自己從加德滿都回來後學到的一切。

「太棒了！」

上路六天後，最初的熱情被無趣單調取代，沉悶無所不在。新鮮話題全都用光了，人人都開始想到，自己這幾天什麼事也沒做，唯有吃喝拉撒、露宿野外、設法在座位找到舒適姿勢、開窗好讓煙味消散，眾人早厭倦交代人生故事，找人攀談——只能偶爾鬥嘴。人就是這樣，就連只是規模不大的團體，擁有正當良好的旅遊目的，也逃不了這種宿命。

這一直延續到壯麗的山景出現在他們面前。還有幽深的河谷，以及穿鑿奇岩怪石的蜿蜒河流。有人問他們在哪裡，印度人說他們才剛進入奧地利。

「我們很快就能下車，停在河岸邊，大家有機會可以梳洗。沒有什麼比冷水更能讓你感覺血液在血管竄流，讓你可以擺脫煩擾了。」

大家想到能夠脫光衣服，自在地與天地萬物合一，享受大自然給予的厚禮，無須任何羈絆，便都興奮得不得了。

司機轉上一條坑坑巴巴的小路，車子劇烈晃動，旅人驚聲尖叫，以為就要翻車了，但司機只是笑了幾聲。他們終於抵達小溪邊，更準確地說，這應該算是一條支流，從河道竄出後，彎成一條溫和的曲線，加入水流之前，河面平緩。

「半小時。把握機會把身上的衣服洗一洗。」

大家都衝去拿背包——嬉皮們總會隨身攜帶小方巾、牙刷、肥皂，因為他們常露宿野外，不會選擇住進旅館。

「太好玩了，這些人還以為我們不洗澡。我們可能比那些控訴我們的宅男宅女更乾淨吧。」

指控？誰在乎啊？聽進這些批評就等於賦予批評者權力了。說這句話的傢伙被許多人怒視——之前大家根本不會太在意別人說的話，呃，算是吧；他們喜歡人家注意他們的打扮與花朵，他們奔放挑逗的性感風格，乳房外露，沒有胸罩拘束的低胸上衣等等。喔，還有長裙，因為它是感性優雅的代名詞——至少這群巴士乘客是如此自詡的。性感可不是為了要吸引男人，更因為要以自己的身體為傲，還得讓人人都看見。

沒帶毛巾的人一把抓起多的T恤、上衣、毛衣、內衣——只要可以擦乾的都行。接著大家跑到河裡，一路拋開衣物，除了那兩個小女孩，當然，她們也脫得差不多了，只剩下胸罩和內褲。

陣陣冷風吹襲，司機解釋，因為這裡緯度高，濕度低，這樣反而可以讓衣物身體乾得快些。

「所以我才選這裡。」

上面的人車不會看到河谷的動靜，山巔擋住了陽光，但這裡實在太美——奇岩嶙峋夾道、松林緊攀山崖、千年風化的巨石錯落——大家沒有多想，便立刻跳進冰冷的河水——眾人立刻尖聲歡叫，對彼此潑水，這是多元豐富的團體成員最交融快樂的時刻，彷彿在說，「這就是朝聖的意義，因為我們來自一個痛恨停滯的世界。」

如果我們能維持安靜一小時，我們會開始聽到神與我們對話了，保羅這麼想。但如果我們喜悅呼喊，神也能聽到我們，下凡讓我們蒙福。

司機與助手剛才應該也跑去欣賞那群不怕人看的裸體年輕人，如今走回去檢查胎壓與機油。

這是保羅第一次看到卡菈裸體，他不得不壓抑自己的妒心。她的乳房剛剛好，讓他回憶起他們在水壩廣場看到的模特兒。但其實，卡菈比模特兒美麗太多了。

但真正的女王是梅瑟，雙腿修長，比例完美，猶如闖入阿爾卑斯山區的女神。當她注意到保羅望著她時，她微笑了，他也回以微笑，知道這一切不過試想讓雷楊生氣的誘惑遊戲，好讓他遠離吸引自己的荷蘭女孩。眾所周知，一場別有用心的遊戲仍然可以成為現實，有那麼一刻，保羅甚至做起白日夢，決定自己要在這女人身上花更多心思——反正你情我願——讓彼此的距離更靠近。

旅人們將衣物洗淨。兩位煩人的小女孩還假裝自己沒看見二十多個裸體大人就在身旁，很快地，大家聊開了，保羅把自己的襯衫內衣洗淨擰乾，考慮要洗褲子，換備用的上場，但又認為可以等到下一次群浴——牛仔褲最百搭，但也最難乾。

他注意到山頂有間小教堂，鄰近植被因為每年春天斷斷續續的水流刻鑿渠道，灌溉得蓊鬱翠綠。

附近的景緻則是亂中有序，亮黑岩石參雜著其他灰岩，一點也不起眼——卻顯得格外壯麗。它們默默在原地，從不爭強，只想好好抵禦大自然的攻擊。它們可能已經在那裡數百萬年，或者也可能才出現短短兩星期。附近有標誌警告司機小心落石，顯然這片山脈仍在塑造成形，它們跟人類一樣有生命，不斷尋找同類，想激出璀璨火花。

這幅亂景是美麗的，這就是生命的景，在他想像中，宇宙也是如此成形。它並非來自對峙、禱告或肉慾——巍巍山巔的松林奇岩，只因為想要長存，就這麼定在懸崖邊，因為它們知道自己受歡迎，也衷心享受彼此的陪伴。

「上面有一座教堂耶。」有人說。

沒錯，人人都注意到了，一開始只是某個人無意發現，但大家意識到，或許其意義不只如此，開始默默自問，裡面是否住了人？已經廢棄多年？在這處處可見漆黑巨岩的山間，為什麼教堂是白色的？什麼樣的人甘冒風險爬上去打造它？但無論如何，在一片錯落混亂的地景中，教堂的存在格格不入。

眾人仰望松林奇岩，設法確定山巔的確切位置，一面穿上乾淨衣物，領悟到原來好好洗個澡，真能療癒那些拒絕離開我們心上的罣礙與憂愁。

巴士喇叭響了，該上路了——方才沉浸於美景的他們，幾乎都快忘記該上車了。

從卡菈的表情看得出來她還執著在某些話題上。

「但你又如何知道這些平行時空？在洞穴有頓悟啟發是一回事，但得旅行好幾千哩，又是另一回事。其實靈性經驗處處可得——神無所不在啊。」

「是的，神確實無所不在。當我行經托安代耳的田野時，總是把祂放在我心裡——那是我家族世居百年的小鎮——我到利默里克看海時，也將祂牢記心底。」

他們坐在靠近南斯拉夫國界的一間路邊餐館——保羅此生最愛的女子之一就是在這裡長大。直到那時，每一個人——甚至保羅——都沒有遇到簽證。然而，由於南斯拉夫是共產國家，他有點不安，儘管司機不斷要大家放心——因為這裡不是保加利亞。南斯拉夫已在鐵幕之外。保羅旁邊坐了梅瑟，卡菈在雷楊旁邊，四個人表面維持著「沒事」的氣氛，但心知肚明彼此的伴侶關係有可能會大洗牌。梅瑟已經表明她不打算在尼泊爾待太久，卡菈則說她再也不可能回到荷蘭。

雷楊繼續。

「我住在托安代耳時——你們兩個一定要找時間拜訪，雖然它天天下雨——我很擔心自己可能一輩子就要老死當地，就像我父母那樣，他們連首都都柏林都沒去過。或者像我的祖父母，住在鄉下，連大海都沒看過，還以為利默里克就是了不起的大城市。有好多年，我聽從他們要求我做的一切：認真上學、在超商工作、當上橄欖球校隊——因為我們當地有自己的球隊，雖然打得很努力，但從來沒有參加過國家大賽——上天主教會，因為它是愛爾蘭文化與認同的一部分，不像北愛爾蘭，還在尋求自己的定位。」

「這些我都習以為常，週末甚至會開車去看海，雖然我還未成年，我已經開始喝啤酒，因為我認識酒吧老闆，我開始接受這就是我的命運。畢竟，過著平靜輕鬆的日子沒什麼不好，看看那些可能出自同一名建築師的房子，偶爾找女生出去約會，到村莊外的馬廄探索性——無論過程好或壞，反正就是性，一定會有高潮，雖然我也會害怕最終會被我爸媽或神斥責懲罰。」

「在探險小說中，人人都在追隨自己的夢想，他們前往令人難以置信的奇妙國家，經歷許多艱困險境，但他們總能回來，得意洋洋講述自己的斬獲經歷，無論是在市場、在劇院或在電影——總之，只要有人肯聽，他們一定滔滔不絕。我們唸了那些書，心想：我的命運也差不多啊，最終我也會征服世界的，我會變得有錢，回到我的國家，人人視我為英雄，大家都會羨慕我，尊敬我。走過美女身旁時，她會對我燦笑，男士們也會對我舉帽致意，不厭其煩要我描述自己如何克服逆境、善用契機，賺進億萬財富。但這些都不過是探險小說的情節罷了。」

那位印度（或阿拉伯人）男子是司機的副手，現在也跑過來坐在他們旁邊。雷楊繼續說。

「我跟同齡男孩一樣到軍中服役。保羅，你幾歲了？」

「二十三。但我沒有服役，我收到緩兵令，因為我爸替我申請了預備役，所以我才有機會旅行。我想上次巴西參戰可能是兩百年前的事了吧。」

「我服役了，」印度人說。「自從我們獨立後，我國就持續與鄰國打仗。都是英國人的錯。」

「怪英國人就對了，」雷楊附議。「他們仍然佔領我祖國的北方區域，去年就在我從那個叫尼泊爾的天堂回家時，局勢更加惡化。現在愛爾蘭更因為清教徒與天主教徒的衝突瀕臨戰爭。已經有軍隊進駐了。」

「繼續剛才的故事好嗎？」卡菈插嘴。「你為什麼到尼泊爾？」

「認識壞朋友。」梅瑟笑著打斷。雷楊也笑了。

「說對了。我這一代都長大了，同學很多人都搬到美國，那裡的愛爾蘭族群很龐大，大家都有叔叔啦、朋友啦或什麼家人住在美國。」

「這可不是英國人的錯吧。」

「這當然是英國人的錯，」梅瑟說話，輪到她進入話題了。「他們試圖兩度餓死我們的同胞。第二次是在十九世紀，他們在我們的馬鈴薯田放了一種真菌——那是我們的主食之一，結果人口開始減少。估計當時有八分之一的愛爾蘭人死於飢荒！

飢荒！兩百萬人被迫離開家園覓食。必須感激美國在此時對我們張開雙臂，歡迎我們。」

那位看起來像是來自其他星球的仙子就此開啟兩場大飢荒的話題，當時死了成千上萬的人，人民無從依靠，爭取獨立，這都是保羅之前沒聽過的。

「我大學念歷史，」她說。卡菈還試圖將話題引回她認為比較重要的內容——尼泊爾與平行時空——但梅瑟沒有停下來，她持續教育眾人，愛爾蘭遭遇了多少不公不義；多少人飢寒交迫，最終死亡；幾位偉大的革命者在兩次起義失敗後，如何勇敢面對行刑隊；還有，一個美國人（是的，美國人）又是如何替一場似乎永遠不會結束的戰爭爭取和平條約。

「但我們不會——永遠不會——再也不會。我們的抵抗決心更為強烈了，我們有愛爾蘭共和軍，我們要把戰爭帶到他們的土地，用炸彈、殺戮，無所不用其極。不會太久，只要他們找到很好的藉口，就得讓他們骯髒的靴子離開我們的島。」然後，她轉向印度男人：「就像他們對你們一樣。」

印度人——他叫拉胡爾——又開始提起祖國的遭遇，但卡菈用更強硬果斷的語氣：

「要不要讓雷楊講完他的故事啊？」

「梅瑟說得對：我都是『遇上壞朋友』才會到尼泊爾。我在部隊服役時，習慣到利默里克的一家酒吧，就在軍營附近，那裡什麼都有：飛鏢、撞球、比腕力，大家都想對彼此證明自己有多猛，可以應付任何挑戰。其中一名常客是一位話很少的亞洲人；他每次都喝兩三杯我們的國寶——堅尼士啤酒——在酒吧老闆十一點敲鐘趕人前離開。」

「又是英國人的錯。」

事實上，十一點敲鐘的傳統也是由英國在戰時制定的。旨在阻止酒醉飛行員出發攻擊德國，或是缺乏紀律的士兵晚起，破壞士氣。

「那是美好的一天，我已經厭倦聽同樣的故事：大家都說自己準備去美國了，我問亞洲人可不可以坐在他旁邊。我們坐在那裡大概半小時吧，我想他可能不會說英語，不想讓他不自在。但在那天離開酒吧前，他說了一些刻在我腦海的話：『你人可能在這裡，但你的靈魂在另一個地方——我的國家。去尋找你的靈魂吧。』」

「我非常同意，舉起酒杯跟他一乾而盡，卻避免討論細節。我僵化的天主教背景讓我除了肉體與靈魂在人死後會一起等待與基督的會面之外，其他我完全無法想像。我告訴自己，東方人就是太執著靈魂。」

「是這樣沒錯。」拉胡爾說。

雷楊發現自己冒犯了對方，決定開自己玩笑。

「但我們西方人更糟糕，我們還以為基督的肉體就在麵包裡呢，你可別誤會我了。」

另一個人揮揮手，彷彿在說，「沒事啦。」接著雷楊終於可以把故事說完——但只能說到一個段落，因為不久後，他們大家就要被一股壞能量侵擾了。

「總而言之，我準備辭職回我的小村莊，接收我的家族事業——其實就是我爸的乳牛場——但同時，我的其他朋友已經橫渡大西洋，見到歡迎他們的自由女神像，當晚，那傢伙的話我怎麼都忘不了。事實是，我試圖說服自己一切都很棒，總有一天我會找到一個女孩，結婚生子，遠離這個吸菸講髒話的世界，儘管我自己從未遠離利默里克與托安代耳。我沒有足夠的好奇心，好好在這兩個城鎮之間的小村莊散步冥想。」

「當時我覺得這樣就夠了，很安全，更便宜，只要看書看電影，就能行遍萬里路——但地球上從來沒有人肯停下腳步，欣賞我周遭美麗的田野風光。不過，我第二天還是回到酒吧，坐在那位獨來獨往的男人旁，就算知道我問的問題很有可能不會得到任何答案，我還是想問，他前一天告訴我的話，究竟有什麼意義？他的國家在哪裡？」

尼泊爾。

「任何上過高中的人都聽過一個叫尼泊爾的國家，但可能已經忘了它的首都，只知道那裡很遠。是在南美洲？還是澳洲？或非洲？還是亞洲？但有件事是肯定的，它不在歐洲，否則他一定會遇過來自尼泊爾的人，或在電影裡看過，甚至在書上讀過。」

「我問他前一天的話是什麼意思。他反過來問他說了什麼——他不記得了。我提醒他後，他瞪著裝健力士啤酒的酒杯許久，什麼話也沒說，最後終於打破沉默：『如果我這麼說了，那也許你真該去一趟尼泊爾。』『我要怎麼去？』『跟我一樣，搭巴士。』」

「然後他就離開了。第二天，我想再找他同桌，讓他告訴我，我的靈魂為何在遙遠異域等待我時，他告訴我，他寧可獨自喝酒，像他之前那樣。」

「如果是搭巴士就到得了的地方，只要我找到同伴，也許我終究有機會能造訪。」

「當時我在利默里克認識了梅瑟，她坐在我常常坐著凝視大海的同一個地點。我以為她對沒念過都柏林三一學院的鄉下男孩一點興趣也沒有——那是她的母校——我有的只是托安代耳的歐康納農場。但我們立刻合拍，在我們的對話中，我提到自己認識了那位奇特的尼泊爾男子，對方告訴我的話。很快我就要返鄉等等——梅瑟、酒吧、我的同僚——即將成為我年少輕狂的一段往事。但梅瑟的溫柔深深吸引了我，她的聰慧，而且——老實說——還有她的美麗。如果她認為我值得，我會更有安全感，對未來的自己更有自信。」

「一次週末連假，就在我退伍之前，她帶我去都柏林。我造訪了《德古拉》作者的故居，以及她母校三一學院，校園超乎我想像得壯觀。我們在學校附近一家酒吧喝酒，直到店主敲了關門鈴。我望著牆上那些在我們國家的土地上創造輝煌歷史的作家——喬伊斯、王爾德、史威夫特、葉慈、貝克特、蕭伯納。聊完之後，她遞給我一張紙，告訴我如何去加德滿都。原來每十五天就有一輛巴士從托特里奇與維特斯通地鐵站出發。」

「我還以為她厭倦我，想要我走得遠遠的，我抓了那張紙，卻絲毫沒有前往倫敦的打算。」

一面敘說自己的心情故事，雷楊假裝沒聽見一群機車騎士刻意發動引擎，搞得大家心神不定。從旅人們在餐廳的位置，他們無法看出有幾位騎士，但那噪音已經讓眾人快要受不了了。餐廳經理告訴客人們已經快要打烊，但其他人不為所動，雷楊繼續。

「梅瑟的話讓我訝異，她說：『不談旅行時間，因為我怕會讓你卻步，但我希望你兩週後就能回來。我會在這裡等你——但如果你在應該到達的那一天沒有出現，你就再也見不到我了。』」

梅瑟大笑，她才不是這麼說的——比較像是「去尋找你的靈魂吧，因為我已經找到我的了」。當天她沒有說出口，也永遠不打算說出口的是「你是我的靈魂，我會祈禱你平安歸來，我們能再次相逢，然後，你再也不想離開我，因為你值得我等待，我也值得你回來。」

「她真的會想等我？我，這個歐康納農場的未來小開？她真的在乎這個沒什麼文化素養，又不懂人情世故的男孩？為什麼我就要去聽一個在酒吧認識的陌生人告訴我的話呢？」

「但梅瑟知道自己在做什麼。因為當我踏上巴士的那一刻，在我研究所有關於尼泊爾的資訊，以及對父母說謊，告訴他們因為我行為不當，軍方延長了我的役期，把我送到最偏僻的基地──喜瑪拉雅山區──回來時，我已經變成了不一樣的人。離開時，我猶如乾草籽，回來後，我是個真正的男人。梅瑟來見我，我們在她家裡做愛，從此之後，我們再也沒有離開彼此。」

「這就是問題所在，」她說，如今在座的每個人都知道她很真誠。「當然我才不希望與白癡為伍，但我也沒想到有人會對我說，『現在輪到妳陪我回去了！』」

她大笑。

「更糟糕的是，我接受了！」

保羅坐在梅瑟旁邊已經夠尷尬了，他們會碰觸到雙腿，她的手甚至會撫摸他。卡菈的眼神不一樣了──這不再是她要找的男人。

「現在，我們可以談論平行時空了嗎？」

但此時餐館擠進五個人，他們身穿黑色皮衣，全是光頭，腰間掛著金屬鍊，渾身上下都是劍與忍者星的刺青，這些人一言不發走進餐廳，馬上將旅人團團圍住。

「這是你們的帳單。」餐廳經理說。

「但我們還沒吃完，」雷楊抗議。「又沒有叫你拿帳單。」

「是我叫他拿過去的，」黑衣人團體其中一名成員說道。

印度人準備起身，但有人將他推回椅子上。

「在你們離開之前，阿道夫要你們承諾永遠不會回來。我們討厭不速之客，這裡的人民熱愛法律與秩序。秩序與法律。外國人在這裡不受歡迎，不管你們哪來的，最好帶著你們的毒品及自由性愛回去。」

外國人？毒品？自由性愛？

「吃完我們就會離開。」

保羅很不高興卡菈這句話——為什麼要故意激怒他們？他知道這群包圍他們的人真的憎恨他們代表的一切。腰間的金屬鍊、機車手套、金屬貼花，這與他在阿姆斯特丹買的東西差很多。那些微小銳利的尖刺是用來恐嚇人的，打算讓人流血受傷。

雷楊轉身看向那個看起來像是帶頭的傢伙——此人比較年長，滿臉皺紋，沒有表情。

「我們來自不同地方，但我們會挺身對抗同一件事，用完餐就會離開，我們不是敵人。」

這領頭的傢伙說話有點困難，因為喉頭裝了一個發音器。

「我們也不隸屬任何地方，」那金屬儀器發出聲音。「現在就給我滾。」

感覺對峙沒完沒了，女士們直視陌生人，男士們則衡量眼前的選擇，剛才那夥人仍然保持沉默，除了其中一位開始對餐廳老闆大吼。

「這些人一離開，馬上給我消毒椅子，他們一定帶著瘟疫、性病，可能還有別的骯髒東西。」

其他人似乎沒注意到眼前的狀況，或許是某位顧客找來這群人，只因為認定旅人冒犯了大家。

「滾，你們這些懦夫，」剛到的一個人說，他的皮夾克繡有骷髏頭。「離這裡不到一哩就會到共產國家，你們在那裡肯定很受歡迎，不要把你們的淫亂無度帶給我們的家人與姊妹。我們是基督徒，我們的政府不接受惹事，我們尊重彼此。快夾著你們的尾巴滾遠吧。」

雷楊滿臉通紅，印度人無動於衷，或許因為他見過這種場面，也有可能奎師那教導他不應怯戰。卡菈瞪著那群光頭男子，特別是剛才她對他說大家還沒用完餐的傢伙。她現在一定是怒火衝天，因為她發現這趟巴士之旅沒那麼有趣了。

梅瑟抓起錢包，拿出她該付的錢，冷靜地將它放在桌上，然後走出大門。其中一名男子擋住她；這場對峙已經瀕臨爆發邊緣，但她將他推開——粗魯無畏——然後繼續往前走。

其他人站起來，付了自己該付的錢，也一一離開了，理論上，這默認了他們確實是懦夫，能夠面對前往尼泊爾的漫長旅程，卻在真正威脅出現時，立刻拔腿就跑。唯一準備挑戰對方的是雷楊，但拉胡爾抓住他肩膀，把他拖出去，其中一名光頭已經掏出自己的小刀了。

同行的法國父女也站起來付了錢，跟著大家離開。

「您可以留下，先生。」那個領頭的傢伙從金屬擴音器告訴法國人。

「我不能，其實，我跟他們是一起的，這是一大恥辱，在這個自由的國家，有著壯麗的美景，原本我們對奧地利的終極印象是流水奇岩、阿爾卑斯山、優雅的維也納、宏偉的梅爾克修道院。結果一群惡形惡狀的……」

他女兒抓住他手臂，但他沒有住嘴。

「……惡棍，你們根本不代表這個國家，沒有人會記得你們，我們一路從法國來不是為了要見證這一切的。」

另一個傢伙從後面上前，用力揍了法國人一拳，英國司機站在兩人之間，眼睛如冰冷鋼鐵，他盯著領頭的傢伙，一句話也沒說；沒必要，在那一刻，他的存在讓人人為之恐懼，法國人的女兒開始尖叫。走到門邊的旅人回頭，但拉胡爾阻止了大家。他們輸了這場戰鬥。

他回頭抓住那對父女的手臂，把他們推出大門。他們朝巴士走去，司機殿後，他的雙眼沒有離開那幫暴徒的頭目，他毫不畏懼。

「我們離開這裡，開個幾哩，找其他城鎮睡。」

「逃離他們？難道我們一路走來就是為了躲開衝突？」

年長的男人說話了，小女孩們嚇呆了。

「沒錯。我們走吧，」巴士向前行駛時，司機說。「這段路我見多了各種奇奇怪怪的事情，這沒什麼丟臉的。最糟糕的是萬一明天早上起來，輪胎都被割破了，這樣就再也無法挽回了，因為我只帶了兩顆備胎。」

他們終於到了城裡。車子停在一條看起來很平靜的大街。大家都很緊繃，也因為剛才的餐廳事件有點躁動；但如今他們有了彼此是一個團體的自覺，有能力抵禦任何侵略行為。儘管如此，大家還是決定睡在車上。

他們嘗試了，很努力想入睡，但兩個小時後，明亮的光線照亮車內。

警察。

一位警察打開車門說了一些話。卡菈會說德語，向大家解釋，他們必須不帶任何東西，下車接受檢查。深夜的空氣冰冷無比，但是警察——有男有女——不讓他們拿任何禦寒衣物，大家渾身發抖地站著，非常恐懼，警察完全不在乎。

警方進了車，逐一打開背包、提袋，將所有東西清空，倒在地上。他們發現了一根水煙管，這通常是拿來抽大麻的。

東西被沒收了。

警察跟大家要護照，拿手電筒仔細一一比對，檢查入境戳章，研究有無任何偽造的跡象——他們先檢查護照相片，再核對本人長相，當他們走到「成年」女孩面前時，其中一位警察走到警車，對著無線電說話。他等了一會兒，點點頭，然後走回女孩面前。

卡菈翻譯。

「我們得把妳們帶回兒少福利處，妳們的父母馬上過來。不會太久，也許兩天，或是一星期，看他們買到的是機票或車票——或租車。」

女孩們很震驚。其中一位開始大哭，但女警繼續用單調嗓音說：

「我不知道妳們想幹嘛，我也不在乎。但是妳們不能再繼續旅行了。我很驚訝妳們竟然闖過那麼多國家，都沒有人發現妳們是逃家少女。」

她轉向司機。

「你的車子可能因為違規停車被拖走。我不打算這樣做的唯一原因是因為我希望看到你們儘快離開，越遠越好。你都沒有注意到她們未成年嗎？」

「我只注意到她們的護照內容跟您現在說的完全不一樣。」

女警本來想繼續解釋女孩如何偽造證件，你應該**看出**她們未成年，她們離家出走，是因為其中一人聲稱在尼泊爾可以找到比蘇格蘭更上等的大麻——至少這是警方無線電回報的內容。父母很擔心，但她決定就此打住，她只需要對上司解釋就夠了。

警方沒收女孩的護照，要她們跟著離開。女孩們出聲抗議，但是負責的女警完全不理會——她們不會說德語，也許其他警察懂點英語，但也拒絕開口。

女警帶著女孩上車，要她們收拾自己的行李，這花了一點時間，其他人站在車外受凍。終於，女孩們下車，被帶上警車。

「上車吧。」負責注意旅人的警察說。

「如果你們什麼也沒發現，我們為什麼要離開？」司機問。「附近有沒有地方可以停車，不用擔心被拖走呢？」

「有一處草地，就在小鎮外圍；那裡可以睡一覺。但是最好在日出前離開。我們不希望看見你們這種人，壞了我們的風景。」

旅人排隊領護照，依序上車。司機與助手拉胡爾沒有移動。

「我們犯了什麼罪？為什麼不能在這裡過夜？」

「我沒有義務回答你的問題。但是，如果你願意，我可以帶大家去警察局，跟你們的政府聯絡，你們可以在沒有暖氣的牢房等待。這沒有問題。就是你，這位先生，你還可能挨上綁架未成年人的罪名。」

載著女孩的警車開走了，巴士上的人根本沒注意。

那位警察仍瞪著司機，司機也回瞪他，拉胡爾則瞪著兩人。最後。司機屈服了，他上車，發動引擎。

警察面帶微笑對他們揮手道別。這些人甚至不該被釋放，從世界的一端旅行到另一端，散播叛亂種子。一九六八年五月在法國發生的那件事就夠了——有任何跡象，就必須立刻加以遏制。

沒錯，一九六八年五月的事件與嬉皮或嬉皮派人士無關，但是這些人足以混淆視聽，甚至試圖結束這一切？

他會想加入嗎？不可能。他有家庭，有房子，有孩子，朋友都是警察。似乎離共產國家的邊界太近還不夠——最近甚至有人發表文章，說蘇聯政府已經改變策略，利用人們顛覆傳統價值，起而反抗自己的政府。他認為這有點瘋狂，一點意義沒有，但他可不願冒這個險。

大家都在熱烈討論剛剛經歷的瘋狂，除了保羅，他彷彿失去了說話的能力，臉色都變了。卡菈問他是否沒事——她不可能跟一個一看見警察就嚇得驚慌失措的懦夫一起旅行——他回答，他很好，他只喝太多了，有點反胃。結果等到巴士一停到剛才那位警察建議的田野附近時，保羅第一個衝下車，在路邊嘔吐，沒讓任何人看見，也沒人注意。只有他自己知道他過去的經歷，他在蓬塔格羅薩的遭遇，每次他一到海關，內心湧上的無比恐慌。更糟糕的是，他深知他這一輩子，他的肉體與靈魂已經與「警察」緊緊相繫，永遠無法擺脫。他再也沒了安全感。當他們把他關起來，用酷刑折磨他，但他明明清白無辜。他從來沒有犯過任何罪，或許只除了偶爾吸點毒，但是，就算他人到了阿姆斯特丹，他也沒有帶任何毒品，可是在當地，那麼做並不違法。

到頭來，那次的監禁與酷刑或已離他遠去，但在平行時空中，卻仍然無所不在，在他的生命中，緊緊站住了腳。

他坐得離大家很遠，一心只想追求沉默與孤獨，但拉胡爾走到他面前，手裡拿著某種看起來像是冰奶茶的東西。保羅喝了下去——它的味道就像過期的優酪乳。

「等一下你就會好多了。先不要躺下來，也不要睡覺。不需要擔心解釋，有些人的身體就是比較敏感。」

保羅跟他一起坐著不動，十五分鐘後，剛才那杯飲料開始起了效果，保羅站起來加入大家，他們已經築了營火，隨著巴士音響播放的音樂熱情跳舞，彷彿想要驅趕惡魔，他們認真舞動，他們想要或不想要，他們現在已經更強大了。

「你再等一會兒，」拉胡爾說，「或許我們可以一起祈禱。」

「我一定是食物中毒了。」保羅辯駁。

但是他從拉胡爾的表情看出對方不相信。保羅又坐下，印度人坐在他面前。

「假如今天我們說你是前線戰士，突然之間，開明的大神前來觀戰。假設你的名字是阿朱那，祂要你不得退縮，衝鋒陷陣，完成你的使命，因為沒有人可以殺戮或死亡，時間才是永恆。但是，你生而為人，也曾經在時間巨輪驅動下，經歷了類似的情況，就在你之前的某次旅行——你看到一切就要重蹈覆轍，錯綜複雜的情緒又要油然升起。你的名字是？」

「保羅。」

「是的，保羅。畢竟，你不是阿朱那，他是全能將軍，深怕傷害敵人，因為他心腸慈悲，奎師那非常不高興，因為阿朱那授予自己不應得的權力，但你是保羅，你來自一個遙遠的國家，你和我們大家一樣有勇敢的時刻，也曾經懦弱。大家都一樣，在你害怕的時候，你怯弱了。」

「恐懼，與大多數人所說的相反，其實有其根源所在。我祖國的宗師聲稱：『每次你往前踏一步，就會發現無論自己看見了什麼，都帶有恐懼的影子。』但是，假如我尚未經歷過痛苦、分離、身心內外的折磨，我怎麼會對自己的發現，心生恐懼呢？」

「你記得自己的初戀嗎？它從一扇明亮的門走進來，你放心讓它接管一切，給你的生活帶來光明，實現你的夢想，後來，就像人人曾經有過的一樣，初戀總是會消失無蹤。當時你大概是七八歲吧，那位美麗的小女孩跟你同年，結果，她找上另一位比較年長的男朋友，你心碎了，告訴自己，再也不要墜入愛河——因為愛就是失落。」

「但是，你再次愛了——無法想像沒有愛的人生。你就這麼持續著愛與失落的循環，直到某一天，你找到了某個人……」

保羅不禁想到，第二天，他們將進入那位他曾經敞開心扉的某人的故鄉，他倆相愛，然後他失去了她。她教了他許多，包括在絕望時刻虛張聲勢、無所畏懼。命運的大輪不斷轉動，帶走好的，帶來痛苦，帶走痛苦，再帶回其他美好的事物。

卡菈注意那兩個男人說話，也盯著梅瑟，讓她不要靠近。他們講了很久。保羅為什麼不回來一起跳舞，去除剛才在餐廳遭遇的可怕氛圍，讓它不要一路尾隨他們到停車休息的小鎮？

她決定再跳一會兒，營地的火花點亮了沒有星星的夜空。

音樂是巴士司機的管轄範圍，他也正在從當晚的事件恢復——儘管這不是他第一次碰上這種鳥事。音樂越大聲，就越適合跳舞，這樣也好。他想過警方可能再度現身要求他離開，但他決定放鬆一下。他才不打算活在恐懼中，只因為某一群人自以為是權威人士，有權控制其他人，毀了他生命中的一天。就是一天罷了，但每一天都是他在這地球上最美好的財產。他母親臨終前曾經懇求，再活一天就好。就這麼一天，便能比世界上所有國度更加珍貴。

邁可——這是司機的名字——三年前做了一件不可思議的事；取得醫學學位後，他從爸媽那裡接收了一輛二手福斯車，他沒有在愛丁堡的朋友或女孩面前炫耀它，反而在一星期後，出發到南非旅行，他之前已經存了一筆足夠花上兩三年的旅費——在私人診所當實習醫生——他夢想好好看這個世界，因為他已經過於熟悉人體；他看透了它的脆弱。

數不清有多少天——他穿越了好幾個前法國與英國的殖民地，一路治療病人，安慰深受病痛的人們——他早就習慣死亡總是近在咫尺，並承諾自己在任何時候，都不會讓窮人受苦或讓困頓者被世人遺忘。他發現，慈善工作具有救贖兼庇護的效果——讓他從未感覺自己面對逆境或饑貧交迫。那輛開了十二年的老福斯車不是拿來長途跋涉的；但它撐過來了，只除了在行經某個長年戰亂的國家時不巧爆胎。邁可渾然不知的是，自己的行善早已傳遍各地，在每個城鎮村莊，他都被譽為是拯救生命的男人。

正巧在剛果的某個湖邊的美麗村莊，他發現了一處紅十字會哨站。在那裡，他也成了名氣響亮的人物——機構提供他黃熱病疫苗、繃帶紗布、各種手術用具裝備，並嚴格命令他不得捲入戰亂衝突，只需悉心照顧雙方傷患就好。「這才是我們的目標，」紅十字會的一個年輕人解釋道。「不干預，只療癒。」

原本邁可只打算旅行兩個月，當時已經延長到快一年。他幾乎從不孤單，經常運送那些在尋求避難庇護，逃開暴力與部落戰爭，卻再也走不動的婦女。在他行經數不盡的哨站時，他感覺有股神祕的力量在幫助他。每次對方看完他的護照後，就會讓他繼續前行，只因為他或許曾經治癒了某人的兄弟、兒子，或朋友的朋友。

這讓他很感動。他向神發誓——他請求神，讓他餘生的每一天都服事祂，一天又一天，讓他以基督的形象協助世人。他認真考慮只要自己抵達非洲最南端，就準備當牧師。

等他到了開普敦，他決定先休息一下，再尋找修道院，成為見習修士。他的偶像是依納爵．羅耀拉，祂跟邁可一樣，也曾經行遍世界，最終在巴黎念書後，創立了耶穌會。

邁可找到一間簡陋廉價的旅舍，決定先休息一星期，讓腎上腺素完全離開他的身體，平靜再度壟罩他，他試圖不去想自己看過的風景——回顧過往沒有意義，只會讓我們的雙腳上了隱形桎梏，除去對人性的所有希望。

他將注意力轉向未來，思考要如何賣掉他的福斯車，從早到晚，他只不斷遠眺壯闊的海景。他望著太陽與海水順應時辰變化更換色彩，樓下的白人男子頭頂著探險家的帽子，沿著海灘漫步，抽著菸斗，他們的妻子打扮得猶如置身倫敦皇室花園。岸邊的人行道上一個黑人都沒有，全都是白人。這令他無比哀傷；種族隔離是這個國家的法律，現在他什麼也做不了，只能祈禱。

他日夜禱告，懇求啟示，準備讓依納爵．羅耀拉的靈性經驗第十次淹沒自己。他想要在時刻來臨時，準備就緒。

第三天早上，他吃早餐時，兩位穿著輕便西裝的男子走到他桌旁。

「你就是那位讓大英帝國榮耀的人。」其中一位告訴他。

大英帝國已經不存在，現在是大英國協了，但男子的話讓他有點措手不及。

「我一天只榮耀一次。」他回答，知道他們不會理解。

事實上，他們真的不明白，因為接下來的對話走入他能想像的最危險的方向。

「你到哪裡都很受歡迎。英國政府需要你這種人。」

如果男子沒有提到「英國政府」邁可原本以為自己是獲邀到礦場、莊園、鑽石加工廠當工頭，甚至是醫生。但「英國政府」四個字意義非凡。邁可是好人，但他並不天真。

「不，謝謝你們了。我還有其他計畫。」

「例如？」

「服事神的牧師。」

「為國服務難道就不是為神服務嗎？」

邁可當下知道他不能再待在他努力了這麼久才抵達的國家。他應該立刻跳上回到蘇格蘭的飛機——他有錢。

他站起來，不讓對方繼續說下去。他知道他們正在「好心邀請」他做什麼：當間諜。

他與當地部落軍隊關係良好，他認識不少人，他最不希望——完全不需要的——就是背叛那些信任他的人們。

他一把拿起自己的東西，請旅舍經理幫忙賣車，交給對方一位朋友的地址，請他將賣車的錢寄到該處。他去了機場，十一小時後，他已經在倫敦下機。在等車進城時，他研究公告欄，在找清潔婦、室友、女服務生及歌舞女郎的廣告中，有一個徵人告示特別醒目。「徵求：願意開車到亞洲的駕駛。」他還沒進城，就將廣告撕下來，直接登門毛遂自薦，那間小辦公室只有在門上寫著：**經濟巴士之旅**。

「這工作已經給人了，」一個留著長髮的年輕人告訴他，此人正打開窗戶，讓大麻的氣味消散。「不過我聽說阿姆斯特丹也在找人。你有經驗嗎？」

「還蠻豐富的。」

「那快去那裡，告訴他們是西奧要你過去的。」

他遞給邁可一張紙，上面有著比經濟巴士更讓人精神一振的名字：**魔法巴士**。

造訪你從未想像的國家。車資：每人七十美元——僅限搭車。其餘必需品請自行攜帶——毒品除外，否則還沒到敘利亞，你就會被割喉。

上面還有一輛色彩鮮明奔放的巴士相片，有一群人站在它前面，比著和平手勢，這是邱吉爾與嬉皮界最愛的手勢。他去了阿姆斯特丹，他們當場就雇用了他——顯然需求大於供應。

這是他第三趟跑車，他從未厭倦橫越歐亞峽谷。他要更換音樂，放進他自己錄的卡帶。第一首是住在法國的埃及歌手黛莉達的歌聲，她在歐洲非常受歡迎。旅人們的情緒高漲——噩夢結束了。

拉胡爾注意到那位巴西朋友已經恢復心情。

「我有看到你如何面對那群黑衣暴徒，你原本準備戰鬥，但那樣一來又會惹麻煩，畢竟我們是朝聖者，而不是那片土地的主人。我們必須仰賴他人的熱情好客。」

保羅點點頭。

「但是，警方一出現，你就僵住了。你在躲什麼嗎？你殺人了？」

「從來沒有，但是，可能幾年前，我還辦得到。問題就在於我看不見自己受害者的臉。」

他大致對拉胡爾解釋了一番，免得他以為自己在撒謊，他提到蓬塔格羅薩的遭遇，但這名印度男子沒有特別感興趣。

「啊，你的恐懼其實比你想像中更普遍：警察。大家都怕警察，就連一輩子奉公守法的人也一樣。」

這段話讓保羅放鬆，他看見卡菈湊近。

「你們兩個為什麼不加入我們？小女孩們離開了，你們也打算隨她們而去？」

「我們只是準備禱告。」

「我可以一起嗎？」

「跳舞就是禮讚神的形式之一，回去跟大家一起跳吧。」

但這班巴士的第二美女不肯放棄。她學巴西人祈禱。至於印度人，她在阿姆斯特丹已經見過他們祈禱好幾次，姿勢奇特，雙眼之間的紅點，那眼神彷彿窺視到了永恆無限，渾身甚至散發光暈。

保羅建議他們手牽手，在她準備吟誦時，拉胡爾打斷了他們。

「下一次再開口禱告吧，今天，我們最好用身體祈禱——去跳舞吧。」

他走回營火堆，另外兩個人跟著他——眾人將舞蹈和音樂視為釋放自己的管道。他們告訴自己：「今晚，我們齊聚一堂，非常快樂，儘管黑暗力量不斷要拆散我們。但我們仍在這裡，我們要攜手前進，踏上前方的道路，儘管黑暗力量仍然想要阻撓旅程。」

「今天，我們齊聚一堂，遲早，在未來的某一天，我們就要告別。雖然我們不甚瞭解彼此，雖然我們沒說出該說出口的話，我們仍然為了某個奇特奧妙的動機，相聚在一起。這是我們第一次跟古人一樣，圍著營火手舞足蹈，當時的他們離宇宙更近，望著白雲風暴、烈火颶風交互移動，在星空下和諧共處，於是他們便決定起而跳舞——讚嘆生命。」

「舞蹈改變了一切，要求一切，在它之中，沒有高低階級之分。能夠自在跳舞的人，有可能在坐牢，也有可能終生得坐輪椅，但跳舞可不是不斷重複動作，它能與更偉大的存在對話。跳舞是能超越自私與恐懼的語言。」

於是，一九七〇年九月的那一晚，被當地人從酒吧趕走，又遭到警察羞辱之後，人們熱情舞動，感謝神給予他們精彩迷人的生命體驗，既陌生奇特又挑戰性十足。

他們輕鬆無礙地跨越了幾個組成南斯拉夫的小共和國（兩個年輕人——一個是畫家，另一位是音樂家——上了車）。開車經過南斯拉夫首都貝爾格勒時，保羅深情回憶——但沒有任何遺憾——自己的前女友，她帶著他第一次出國旅行，教他開車，說英語，做愛。他屈從於自己的想像力，想像她和她妹妹在第二次世界大戰的轟炸中，在街上慌亂奔跑，尋找庇護。

「警報一響，我們就跑到地下室。我媽會將我們倆放在她的腿上，要我們張開嘴，用她自己的身體蓋住我們。」

「張開嘴？為什麼？」

「轟炸聲才不會震碎我們的耳膜，讓我們就此喪失聽力。」

❖

在保加利亞時，後方有輛車子裡面載著四個人，持續逼車，尾隨他們——這是相關單位與司機的默契。在奧地利邊境小鎮集體喧鬧做樂後，接下來反倒顯得無聊單調了。他們原本計畫在伊斯坦堡停留一星期——但現在離那裡還有一百哩，當然比起他們已經旅行兩千哩，這點小距離簡直不算什麼。

兩小時後，他們已經看到兩座大清真寺的宣禮塔！

伊斯坦堡！他們真的做到了！

保羅早就仔細規劃在這裡該做什麼，他曾經看過旋轉苦修僧不斷跳舞。他非常著迷，也決定要學他們跳舞，後來他終於明白，那不僅是舞蹈，更是一種與神對話的方式。他們稱自己為蘇非派，他讀得越多，讓他越是躍躍欲試。他原本就計劃將來有一天一定要到土耳其，跟著旋轉苦修僧或蘇非派一起訓練，但他一直以為這會是在遙遠的將來才能做的事。

現在他人就在這裡！宣禮塔越來越近，馬路上車子好多，交通堵塞——更多的耐心，更多的等待——等到太陽再次升起之前，他就能參與其中了！

「先設定好時間，我們再過一小時就到了，」司機說。「我們會在這裡過一星期，不是因為這裡是熱門景點，只是在我們離開阿姆斯特丹之前——」

阿姆斯特丹！感覺彷彿好幾世紀前的事了！

「——我們收到警告，這個月月初有人企圖暗殺約旦國王，結果我們有部分路線成了地雷區。我會試圖瞭解目前的發展，看起來情況似乎已經平靜一點，但我們離開阿姆斯特丹之前，就已經決定絕對不冒任何風險硬闖。」

「我們會推進一些——因為拉胡爾和我也不喜歡重複一樣的路線，我們也都需要吃、喝，找點樂子。這個城市很便宜，便宜得要命，這些土耳其人很厲害，還有，你在街上看到的一切，才沒有那麼穆斯林，其實非常世俗。儘管如此，我建議美女們不要穿得太露，而我們的帥哥也不要惹事，因為一定會有人嘲笑你們的長頭髮。」

這些警告都很合理。

「還有，我在貝爾格勒打電話回去報平安時，我聽說有人打電話跟辦公室說想訪問嬉皮，瞭解當嬉皮的意義何在。旅行社那邊說，這個採訪很重要，可以趁機大肆宣傳——這我沒立場反對。」

「據說那位記者知道我們在哪裡加油吃飯，在這裡等我。他丟了一連串的問題給我，我都不知道該怎麼回答，我只說，你們的身體和靈魂像風一樣自由。那位隸屬法國大通訊社的記者，想知道他能否找在伊斯坦堡分社的同事，直接與你們其中一人對談。我告訴他我不確定，但我們都住在同一間旅舍——這裡是最便宜的，一間可以睡四個人……」

「我可以多付錢，我不要跟別人睡。我女兒跟我睡一間就好。」

「我也是，兩人一間。」雷楊說。

保羅用眼神暗示卡菈。她終於回答，「還要一間。」

巴士的二號繆斯女神喜歡展示她如何可以將這位瘦巴巴的巴西年輕男子玩弄於股掌之間。到目前為止，他們的花費比想像中少很多——主要因為他們都吃三明治，而且大部分時間都睡在車上。前幾天保羅數了自己所有的財產——總共八百二十一美元。永無止盡的無趣拉車讓卡菈近來的態度比較軟化，他們的肉體更頻繁接觸——睡覺時，他們會將頭靠在彼此的肩膀上，偶爾還會牽手，那是非常舒適放心的感覺，但到目前為止，他們只挑戰過一次親吻——其餘沒有任何形式的親密舉動。

「反正呢，應該會有記者等著大家。如果你們有誰不想說話，也不需要說什麼。我只是告知大家而已。」

車流開始移動了。

「我忘了提到一件很重要的事情，」司機與拉胡爾耳語後，開口說道。「街上很容易找到毒品——從大麻到海洛因都有。就跟在阿姆斯特丹、巴黎、馬德里或斯圖加特一樣簡單。只是，你被抓了，沒有人——沒有任何人——能夠及時救你，讓你跟大家一起上路。我已經警告你們了，希望你們都聽得非常非常清楚了。」

他們被警告了，但邁可懷疑有人聽不進去，特別因為這些人已經三星期沒有碰任何毒品了。儘管他在大家沒注意時，都認真仔細監視每一個乘客，但在一起三星期後，他完全沒有發現任何人對他們在阿姆斯特丹與其他歐洲城市每天都必須消耗的毒品表現出任何興趣。

這再次讓他懷疑：為什麼大家都說毒品會上癮？身為醫生，在非洲時，他也曾經親身試驗幾種致幻植物，觀察能否對患者使用它們，他知道只有鴉片萃取物才足以讓人上癮依賴。

喔，對了，還有古柯鹼，它很少出現在歐洲，因為美國人消耗了安地斯山的所有產量。

儘管如此，各國政府都花了不少錢宣傳反毒的重要，但香菸與酒精卻四處可見。這多少解釋了為何人人都說毒品容易令人上癮：這是很好操作的政治議題，更能爭取預算。

他知道那個剛要房間的荷蘭女孩在她的書頁夾了啟靈藥。她跟別人提過。巴士上的每個人都知道其他人的祕密，另類的「地下郵報」。需要時，她會割下一片書頁，好好咀嚼它，將它吞下去，等待幻覺出現。

但這不是問題。艾伯特．霍夫曼在瑞士發現的啟靈藥，被一位哈佛大學教授提摩西．賴瑞推廣到全球，儘管它為非法藥物，至今仍難以偵測，總能成功匿跡。

保羅醒來時，卡菈的手臂靠在他胸口——她仍然睡得很熟——他躺在那裡想該如何移動，不要把她驚醒。

他們昨晚很早就到了旅館，大家在同一間餐廳吃了晚餐——司機是對的，土耳其很便宜——而且當他們走到自己的房間時，他發現自己面對著一張雙人床。卡菈跟他沒有交談，分別沖了澡，洗了衣服，掛在廁所晾乾，然後馬上趴到床上睡覺。一開始看起來他們兩人只想在這張大床好好睡上一覺，但他們赤裸的肌膚似乎有一樣的打算，它們輕輕碰到彼此，還來不及反應前，他們已經開始接吻了。

保羅硬不起來，卡菈沒有幫忙；她明確表示只有他有性致時，她才會有性致。這是他們第一次超越接吻與牽手的行為；只因為他身旁有位美女，就需要努力取悅她？如果他不這麼做，她會覺得自己沒那麼美，沒那麼想要嗎？

卡菈想：讓他掙扎一下，就讓他覺得如果他想睡，我會不高興。如果我發現事情沒有如我希望的進展，該怎麼做我就會怎麼做，但先等等看。

保羅終於硬了，進入她體內，保羅達到高潮的時間比他們想像中更快，他怎麼忍耐也沒用。他已經很久沒有跟女人同床共枕了。

卡菈沒有高潮，保羅知道，她只像個母親一樣輕吻了他的額頭，然後翻身面對床的另一邊，那時她才發現自己有多疲憊。她腦子放空，馬上入睡，保羅也是。

現在他醒了，回想前一天晚上的經過。他決定退一步，在被迫對那件事進行討論前不要說任何話。他小心翼翼挪開她的手臂，穿上另一條褲子，把外套與鞋子穿上，就在他準備開門時，他聽到：

「你要去哪裡？至少說聲早安吧？」

「早安。」**伊斯坦堡一定非常有趣，我相信妳會喜歡的。**

「為什麼沒叫我？」

因為我認為我們可以透過睡眠與神交談，我一開始學習神祕學時，就是教我們這個。

「因為妳可能在做什麼好夢，或許妳累壞了。我不知道。」

言語。言語。更多讓一切複雜化的言語。

「你還記得昨晚嗎？」

我們做愛了。我們什麼也沒多想，只因為我們赤身裸體，躺在同一張床上。

「我記得。我要說抱歉。我知道那不如妳期待。」

「我什麼也沒期待。你要去找雷楊？」

他知道她真的想問的是，「你要去找雷楊跟梅瑟嗎？」

「沒有。」

「你知道自己要去哪裡嗎？」

「我知道我在找什麼，只是不知道在哪裡——我需要問一下櫃檯。希望他們能告訴我。」

他希望她不要再問了，不要強迫他告訴她他在找什麼：可以找到旋轉苦修僧的地方。但她沒有繼續問。

「我要參加一種宗教儀式，和跳舞有關。」

「你第一天到這個獨特的國家，卻要去做你在阿姆斯特丹就能做的事情？哈瑞奎師那還不夠？營火之夜也不夠？」

夠了。保羅很不高興，更想激怒她，於是告訴她他在巴西看到的土耳其旋轉苦修僧，那群人頭戴小紅帽，身上的白色長裙潔淨無瑕，緩緩轉動——彷彿把自己當成了自轉的地球或其他星星。最終，人們會進入某種恍惚冥想，以這種行為啟發靈性，是一種非常獨特的教派，但穆斯林視其為異端。旋轉苦修僧又稱蘇非派，由一位十三世紀波斯詩人創立，此人後來死在土耳其。

蘇非派承認的唯一真理是：凡事萬物都不可切割，有形與無形均為一體，我們不過是有血有肉的幻象。所以他才對巴士上的平行時空議題不感興趣。我們同時生而為人，也屬於萬物——但時間原本就是不存在的。我們忘記了這一點，因為我們被各式媒體資訊轟炸。如果我們接受存在的一元性，我們就什麼都不需要了。我們會短暫理解生命的意義，而這電光火石的一刻就給予我們力量，讓我們坦然面對死亡，讓它帶著我們進入時間的輪迴。

「懂了嗎？」

「非常清楚。我準備去市集——我想伊斯坦堡一定有市集可逛——無論白天或晚上都一定有人在那裡努力工作，想對少數有興趣的觀光客展現他們靈魂的最極致：藝術。當然，我什麼都不會買——這不是吝嗇，只是因為我的背包放不下了——但我會努力全心投入，看看人們是否理解我對他們所做所為的敬仰與尊重，儘管你剛剛談了很多哲學性的內容，但對我來說，最重要的，還是美。」

她走到窗戶前，他望著她在陽光下的裸體。不管她多麼煩人，他都深深尊敬她。他離開時心中還在想，是不是去市集會好一點——蘇非派的隱居世界絕對很難打入，不管他做多少研究都一樣。

站在窗前的卡菈想著：他怎麼沒有邀她同行？畢竟他們還要在這裡留上六天，市集又不會關門，能跟蘇非派接觸必然是難忘的經驗。

就這樣，他們再度各走各的，不管他們心中有多麼想要碰觸對方。

卡菈下樓時看見了巴士旅伴們，大家找她一起同行——參觀藍色清真寺、聖索菲亞大教堂以及幾間考古博物館。這裡不缺獨一無二的景點——例如，一處專屬拜占庭君主使用的巨大蓄水池，有十二排石柱（總共三百三十六根，有人解釋）。但是她告訴他們，她已經有其他計畫，沒有人多問——沒有人想瞭解她與巴西人同住後的狀況。大家一起吃早餐，各自出發到想去的目的地。

理論上而言，卡菈的目的地沒有出現在任何旅遊指南裡。她漫步走到博斯普魯斯海峽的邊緣，凝視分隔歐亞兩地的紅色橋梁。就這麼一座橋！卻能連接兩個如此不同的大陸！她抽了兩三支菸，拉低自己的上衣肩帶，曬曬太陽，三四個男人過來想要攀談——讓她不得不把肩帶調好，繼續前行。

自從巴士旅行開始變得無聊之後，卡菈被迫面對自己，及她最喜歡思考的問題：**我為什麼要去尼泊爾？我從來不相信；我的路德教背景比任何線香、經文、冥想、聖書或深奧教派都要強大**——她到尼泊爾不是為了找到問題的答案——她已經知道了，她更厭倦需要無時展現堅強、勇敢、任性與好勝。她這輩子不斷在贏過他人，卻戰勝不了自己。她已對自己習以為常，儘管她才二十來歲。

她想要有所改變，卻連改變自己都做不到。

她想跟巴西人講很多話，讓他相信隨著每一天過去，她對他的生命越來越重要。保羅對前一晚糟糕的性愛表現得非常內疚，讓她有種病態的快感，她連任何安慰貼心的話都沒說：「別擔心，我的愛（我的愛！），第一次都是這樣的，我們才剛開始認識彼此。」

但是情況並不允許她離他或其他人更近，可能因為她缺乏耐性與人互動，或也因為他人根本沒有努力想接納她的存在——他們做的第一件事就是保持距離，不願刻意打破她樹立的冰牆。

❖

她仍然能愛，也不需要對方以感激、改變回報。

她一生中愛過許多次。每一次，愛的能量都足以讓她周圍的宇宙天翻地覆。當這種能量出現時，它總是設法善盡職責——問題在於她本人，她就是無法忍受愛得太久。

她渴望成為愛能造訪的花瓶，它會留下花與果實，裡面盛裝了活水，讓花與果實保持鮮度，彷彿剛被摘下，準備將自己呈現給任何有勇氣的人，沒錯，「勇氣」，就是這兩個字——有勇氣把握它們的人。但這種人從未出現過——或更精準地說，儘管有人出現，他們會立刻恐慌逃離，畢竟，說真的，她不是花瓶，她是夾帶閃電、暴風與雷聲的自然力量，永遠無法馴服，只能用來驅動風車、照亮城市及散播恐懼。

她希望人們可以看見她的美，但大家都只見到颶風，不願尋找避風港。他們寧可逃到更安全的地方。

她的思緒回到了家人身上——他們仍潛心信奉路德教派，卻從未試圖強加信仰在她身上。有那麼一兩次吧，她還是孩子時曾被打屁股，這很正常，幾乎沒有造成心靈創傷——住在她城市的每個人都有過同樣的遭遇。

她在學校成績優異，體育也很在行，是同學中最漂亮的（而且她自己也很清楚），男友方面更是無往不利。即便如此，她更喜歡的仍然是孤獨。

孤獨是她最大的快樂。她前往尼泊爾的最初夢想，就是找到一處洞穴，並獨自住在那裡直到齒搖髮禿，到最後，村民不再送餐；讓她最後一天的日落，能望著細雪紛紛，如此就好。

獨處。

她的同學羨慕她與男生能自在相處，大學同學們更欽佩她的獨立，因為她完全知道自己想要什麼，同事們則讚嘆她的創造力——到頭來，她就是完美的女人，山中女王，叢林母獅，失落靈魂的救世主，她從十八歲起就不斷有人求婚，形形色色的男人都有——許多有錢男人甚至還附加了許多金銀珠寶（兩枚鑽石戒指——便足以支付她前往尼泊爾的機票，終生不虞匱乏）。

每次她收到昂貴的禮物時，她就會警告求婚者，萬一兩人分手，她是不準備歸還它們的。男人們會咯咯笑；他們習慣被其他男人挑戰，那些都是比她更厲害的男人，不把她當一回事。但他們最終還是墜入了她打造的迷宮，他們才意識到，原來自己從頭到尾都沒有得到這可愛女孩的芳心，他們站在高處纜橋，顫巍巍的它一點也承擔不了他們的重量。一星期過了，接著是一個月，最終，分道揚鑣的時刻終於來臨，說什麼話也都沒意義了——他們之間也沒人有勇氣，將給出去的東西要回來。

直到三天後，當他們因為要發表新書，在巴黎的高檔飯店房間吃早餐時，（沒有人拒絕得了巴黎之行，這是她的座右銘之一），其中一位追求者告訴她的話，她一輩子忘不了：

「妳有憂鬱症。」

她大笑。他們幾乎不認識對方，只是曾經一起共度美好的晚餐時光，喝了上等的紅酒與香檳，然後，他只告訴她這幾個字？

「不要笑。妳真的有憂鬱症。或躁鬱症，或可能兩者都有。但事實上，隨著年齡的增長，妳會發現無法回頭。妳越早接受現實越好。」

她想告訴他自己這輩子有多麼幸運；家人很棒，她熱愛自己的工作，眾人莫不羨慕她——但她說出口的卻是不一樣的話。

「你為什麼會說這種話？」

她的語氣充滿鄙視，她早已刻意忘記他的名字，但對方也不願詳談——那人從事精神醫學，但他可不是去工作的。

她堅持，也許，在內心深處，他想談論它——當時，她有種感覺，認為他或許夢想餘生能與她一起度過。

「我們才在一起不久，你何以認定我有憂鬱症？」

「因為這短短的時間就相當於跟妳相處四十八小時了。我有機會在星期二新書發表會以及昨天的晚餐觀察妳。妳真的曾經愛過任何人嗎？」

「很多人。」

她說謊。

「愛是什麼？」

這個問題令她非常害怕，她想出所有可能的答案。拋開了恐懼，她語氣謹慎回應。

「它能接納所有。不要花時間思考日出或什麼魔幻森林，無須逆流而上，只要讓自己充滿喜悅，對我來說，這就是愛。」

「繼續。」

「能夠保有自己的自由，讓身邊的人不要有被困住的感覺。那是一種靜謐沉靜的感受，就某方面而言，甚至可以說是孤獨寂寥的。為了愛而愛，不為其他——例如婚姻、孩子、金錢。」

「說得很好。但既然我在這裡了，我建議妳好好思考我的話。我們就不要毀了在這個獨特城市的時光，讓妳必須質疑自己，把我弄得好像還在工作一樣。」

好啊，你說得對。但為何要說我有憂鬱症或躁鬱症？為什麼對我要說的話沒有興趣？

「我怎麼會憂鬱呢？」

「有一個可能的答案，是妳沒有真正愛過。但現在，這個答案仍不夠準確——我認識許多因為愛得過多，變得鬱鬱寡歡的人們——他們幾乎完全放棄自己了。老實說，我想——我大概不該這麼判斷——但是妳的憂鬱或許來自生理。缺乏一定的化學物質。可能是血清素、多巴胺，而妳的情況，絕對不會是去甲基腎上腺素。」

所以憂鬱是化學問題？

「當然不是，有上百萬的理由，但妳想我們要不要穿好衣服，沿著塞納河走走？」

「當然，但在那之前，先把你要說的說完，什麼理由？」

「妳說，人孤獨時，仍然可以去愛；這毫無疑問，但唯有那些獻身神或鄰居的人才做得到。聖人、先知、革命家。現在我說的是一個更人性的愛，只有在我們接近自己愛的人時，才能有所感受。這種愛，在我們無法表達，或者在我們被自己在乎的東西注意到時，才有可能讓我們深受折磨。我確定妳憂鬱了，因為妳從來沒有真正在這裡；妳的眼神飄忽，看不到光采，只有疲乏。新書發表那一晚，我看見妳做了超乎常人的努力，找其他人說話——但這些人對妳而言，一定非常沉悶笨拙。」

他從床上起身。

「我說得差不多了，我要淋浴，還是妳想先沖澡？」

「你先吧，我要收拾行李。不急，剛才聽了那麼多，我需要幾分鐘的時間吸收。」

他笑了，彷彿在說，「妳看吧？」但他進了浴室。五分鐘後，卡菈收拾好行李，穿好衣服。開門關門時沒有發出任何噪音。她走過櫃檯，跟所有看到她又有點訝異的人們打招呼，反正那間豪華套房不是以她的名字訂的，所以沒有人多問。

她走到接待櫃檯，問下一班飛往荷蘭的航班是幾點。哪個城市？不重要，我是荷蘭人，飛到哪裡都沒問題。下午兩點十五分，荷航。「要替您買票，記在房帳上嗎？」

她頓了一下；也許她應該回到那個未經她允許，就徹底解讀她靈魂的人身旁，但那人也有可能都說錯了。

她沒有。「不用了，謝謝，我這裡有錢。」卡菈從來不仰賴男人旅行。

她看了紅色橋梁一眼，想起她看過關於憂鬱症的文章——還有那些她沒讀過的作品，她開始害怕了——她決定，走過那道橋之後，她就會是全新的女人。她讓自己所託非人，思念住在地球另一端的男人，在他不在時思念他，為了把他留在身邊，做了各種努力，或是坐著冥想他的臉，連在尼泊爾時也這樣，但她不能繼續這種人生了——這種什麼都擁有，卻無法全心享受的人生。

保羅站在一扇門前，上面沒有標誌或任何記號，這是一條狹窄的街道，每一間房子看起來都沒人住。經過相當大的努力，問了不少問題後，他終於設法找到一處蘇非派中心，但他不確定自己有沒有辦法看到旋轉苦修僧。他先去了市集——他在那裡等卡菈——但她一直沒出現；後來他開始模仿神聖的舞蹈，同時不斷重複「旋轉苦修僧」這個詞，旁人大笑，也有人覺得他瘋了——大家離他遠遠的，免得被他伸長的手臂打中。

他保持冷靜；在幾間商店有看見紅色小帽——旋轉苦修僧都會帶這種圓錐形的小紅帽，看來應該是有突厥淵源。他買了一頂，將它放在頭上，繼續走過商店街，不斷模仿舞蹈——這一次他甚至戴了帽子——他問別人哪裡可以找到有這種打扮的人。這一次，沒有人大笑或匆忙離開，他們只是擺出認真的表情，說了一些話。但保羅一點不打算放棄。

他終於找到一名似乎明白他在問什麼的白髮蒼蒼老人。他繼續重複「旋轉苦行僧」這個詞，開始有點煩了，他還有六天，也許他該善用機會好好逛逛市集。

老人走近說：「苦行僧。」

啊，一定就是了，原來他們只是這麼稱呼，彷彿要證實自己的懷疑，保羅開始模仿舞蹈——對方的表情從驚訝變成了譴責。

「你穆斯林？」

保羅搖搖頭。

「不，」老人用英語說。「伊斯蘭。」

保羅走到他面前。

「詩人！魯米！苦行僧！蘇非！」

魯米是這教派的創始人，**詩人**二字想必也軟化了老人的心。雖然他假裝惱怒不悅，但他還是抓住保羅的手臂，把他拖出市集，帶保羅到他現在在的地方，站在一處看起來像是廢墟的建築物前，不確定自己該不該敲門。

他敲了好幾次，但沒人應門。他轉動把手，門沒鎖。他該進去嗎？會不會被控非法侵入嗎？門後面是否都躲著凶狠的流浪狗，不讓遊民進入？

他將門開了一個小縫。他站在那裡等狗狂吠，結果卻聽到一個人聲，遠處有人說話，在說英語，他聽不出內容是什麼，但他馬上注意自己沒走錯：線香的氣味。

他很認真想聽懂男子在說什麼。但什麼也聽不出來，唯一的辦法就是繼續走到裡面——最糟糕的狀況就是他們會把他趕走。有什麼好損失的？突然，他意識到自己就要實現夢想了：認識旋轉苦行僧。

他不得不冒這個險。他走進去，將身後的門關上，等到眼睛適應了黑暗後，他發現自己身在一間完全空蕩蕩的房裡，牆壁被漆成綠色，木地板早已磨損多年，幾扇破窗讓光線透進來，他看得出來，室內空間比剛才他以為的遼闊許多，角落有個老人自言自語，當他注意到這位不速之客時，立刻住了嘴。

對方說了幾句土耳其語，保羅搖頭。他聽不懂。男子也搖頭，顯然對這位陌生人的出現很不滿，因為保羅打斷了很重要的事。

「你想做什麼？」他的英語有法國口音。

保羅能怎麼回答？說出真相最保險。旋轉苦修僧。

男人大笑。

「太棒了。當年我也是這樣離開塔貝斯——那是法國中部的一個小鎮，只有一座清真寺——出發尋找知識與智慧，這就是你想要的，不是嗎？跟我當年一模一樣。我花了一千零一天研究一位詩人，記住他寫的一切，用他詩句的智慧回答所有人的一切問題，接下來，你便可以開始自行訓練了。因為你的聲音會與那位啟蒙大神，以及他八百年前寫的詩文合為一體。」

「魯米？」

聽到這個名字，男子鞠躬。保羅坐在地板。

「我該如何學習？我已經讀過他的詩，但我不明白如何將它付諸實現。」

「想要尋求靈性啟發的人，其實知道得不多，因為他讀了魯米，設法用自己所認為的智慧充實他的智力。就拿你的書去換取瘋狂與驚奇吧，這樣你能更接近自己所求。書帶給我們觀點、研究、分析和比較，而瘋狂的聖靈之火則會帶給我們真相。」

「我沒有帶什麼書，我是尋求一種體驗——舞蹈的體驗。」

「這是在探索知識，不是舞蹈。真主知識的陰影就是理智。影子在太陽前哪有什麼力量？什麼也沒有。走出陰影，迎向太陽，讓它的光芒激勵你，不用再去聽什麼智慧話語。」

男子指著一處有道陽光照進來的角落，大約離他的椅子三十呎，保羅走到那裡。

「向太陽致敬吧。讓它填補你的靈魂——知識全是幻覺，狂喜才是真正的現實。知識讓我們充滿內疚，狂喜讓我們與祂同行，而祂在宇宙存在前及被毀滅之後，仍然長存。尋求知識，就像我們在一口乾淨的水井旁，卻仍然拿沙子洗手。」

就在那一刻，清真寺塔樓上的擴音器開始發出聲音，彷彿在誦讀著什麼，那聲音在城市迴盪，保羅知道這是在呼喚眾人禱告，他的臉轉向了太陽，那道孤獨的光芒在塵土地清晰可見，他背後傳來聲音，保羅知道那位有法國口音的老人一定已經跪倒在地，將臉朝向麥加膜拜。保羅想清空自己的心智；這並不難，特別在這樸實簡陋的室內——就連牆上的可蘭經文看起來也不像圖畫。他已經達致了徹底空虛的境界，遠離家鄉、朋友、自己學過的一切，自己仍然想學的一切，遠離善惡是非，但他人就在那裡，就在當下，真切活著。

他鞠躬，然後抬起頭，再次睜開眼睛，他看見太陽在和他說話，它不試圖教他任何東西，只是允許它的光芒淹沒他周圍的一切。

我的最愛，我的光，願你的靈魂仍堅持永無休止的崇拜。在某一刻你就要離開此處，回到自己的人民身旁，因為屏棄一切的時間尚未到來。但那稱為愛的崇高大禮，會讓你成為我話語的工具——那些我從未說出口，你卻能理解的話語。

如果你放棄自己，將自己交付給最偉大的沉默，那麼你將會理解，所有的沉默都會被翻譯成文字，這將是你的命運，但當這種情況發生時，無須解釋，只敦促他人尊重那最至高無上的神祕吧。

你想在這條光芒之旅中成為孜孜不倦的朝聖者？學著在沙漠中漫遊吧。用你的心說話，因為文字只是機率罷了——儘管你需要用它們與他人交流，卻無須被意義和解釋誤導。人們只選擇聽自己想聽的，不用試圖說服任何人，跟隨自己的命運就好，不要恐懼——就算害怕，但只須專心一致追求自己的命運就好。

你希望抵達天堂，能夠來找我？學會用兩隻翅膀——一是紀律，二是慈悲。寺廟、教堂、清真寺全是害怕外界的人們，最終他們總會被沒有生命的詞語灌輸。我的廟宇就是世界，不要離開。儘管它或許躓礙重重，但不要棄離世界——就連成為眾人恥笑的目標也無須介意。

與他人對話，但不用想說服他們。永遠不要讓別人相信你的話，或成為你的門徒，因為如此一來，他們不再相信自己的心正告訴他們的話，但事實上，那才是他們必須傾聽的唯一來源。

手牽手前進，開心喝酒，享受人生，但保持距離，不要仰賴他人——墮落挫敗是人生旅程的一部分，人人都得學會重生。

宣禮塔沉默了。保羅不確定自己與太陽對話多久——那道光芒如今挪到離他很遠的地方。他轉過頭一看，剛才那位來自遠方國度，尋找他故鄉山巒中就有的東西的老人，早已經不見蹤影。這裡只有保羅一人。

該離開了，他慢慢澆熄自己體內狂亂的神聖火焰。他不需要向任何人解釋自己去了哪裡，希望屆時他的眼神如昔——他明顯感覺它們仍然閃閃發亮，足以吸引任何人的注意。

他在椅子邊點了一根線香就離開了。他關上門，但心裡知道，甘願跨過門檻的人們，那扇門總是為大家打開，只須自己扭動門把就好。

法新社派來的女記者顯然對自己被指派的任務很不滿：採訪嬉皮！這裡可是土耳其，他們搭巴士想從這裡前往亞洲，正如許許多多從反方向前往歐洲尋求機會與財富的早期移民。她對這些人沒有偏見，但如今中東衝突一觸即發，每天印表機都不斷印出最新局勢，還有傳言指出南斯拉夫雙邊戰營正在互相殘殺。希臘與土耳其瀕臨開戰，庫德人想要自治，總統根本不知道該怎麼做，如今伊斯坦堡已經成了俄國中情局與美國情報局培養間諜的大本營，約旦國王才剛粉碎了一次叛亂，巴勒斯坦人揚言報復。所以，她究竟在這間三流飯店做什麼？

聽從命令。她接到那輛所謂魔法巴士的司機來電，這位好心又上道的先生就在飯店大廳等她，儘管不甚理解外國媒體對此議題究竟有什麼興趣，但仍然決定善盡自己的本分，盡量提供幫忙。

她掃視大廳，這裡一個嬉皮都沒有，只有一個看起來像拉斯普丁的傢伙以及另一名五十歲上下的男士，此人一點也沒有嬉皮的模樣，他旁邊是一位年輕女子。

「這個人會回答妳的問題，」司機說，指著那位跟女兒一路到這裡的五十歲的男子。「他說法文。」

好處是他們可以用法文交談；採訪可以更簡單迅速。她開始加快速度處理（姓名：雅克／年齡：四十七歲／出生地：法國亞眠／職業：前法國頂級品牌化妝品總監／婚姻狀況：離婚）。

「我確定他們告訴你了，我是在替法新社寫一篇關於這種文化的報導，我之前讀到，它起源自美國……」

她忍住不要說「成天閒晃，沒事可做的有錢小開」。

「……最後席捲全球。」

雅克點頭，記者再次想到甚至可以補上「其實只限有錢人住的地方啦」。

「妳想知道什麼呢？」他問，很後悔同意接受採訪，其他旅伴都出門探索城市了，似乎玩得很開心。

「是的，我們知道，這是一個沒有偏見歧視的社會運動，根基在於毒品、音樂、自由奔放的露天音樂會、旅行、對當下社會議題完全不在乎，也不關心誰在為一個理想自由公義的社會而戰……」

「例如……」

「例如，那些試圖解放遭受迫害的人們、唾棄不公不義、參與重要的階級奮戰、拋頭顱撒熱血追求人性、社會平等，讓烏托邦不再是理想，更是現實。」

雅克點點頭——對這些挑釁的話不要過度反應，否則就毀了他在伊斯坦堡寶貴的第一天了。

「而且，這個群體對對於性愛抱持更解放自由的態度，例如中年男子跟年紀足以當他們女兒的女孩同進同出，簡直稀鬆平常。」

雅克甚至打算不管她的評論，然而有另一個聲音插嘴。

「足以當他們女兒——我猜妳就是在說我吧，沒錯，我真的就是他的女兒。我還沒介紹自己；我叫瑪莉，今年二十歲，出生在利西厄。我念政治學，很欣賞卡繆與西蒙·波娃。音樂我聽戴夫·布魯貝克、「死之華」以及感恩之死，和拉維·香卡。我正在寫一篇論文，探討社會主義天堂，也就是現今的蘇聯政府如何跟資本主義的美國、英國、比利時及法國一樣，對第三世界國家強制加諸獨裁統治，充滿壓迫手段，還有其他妳想知道的嗎？」

記者謝謝她，用力吞嚥口水，想了一下女孩是否在說謊，然後判斷她應該不是，接著設法掩飾自己的訝異，並得出結論，可能她這篇報導得如此著眼了：法國跨國公司前任總監，因為出現了生存危機，決定放棄一切，帶著女兒環遊世界——沒有考慮對年輕女孩的風險。或可以說，過度早熟的女人，因為這孩子的語氣實在太成熟了。記者發現自己已經處於劣勢，需要重新發動先機。

「妳有嘗試過毒品嗎？」

「當然：大麻、毒菇、一些讓我想吐的藥、啟靈藥，但我沒碰過海洛因、古柯鹼或鴉片。」

記者望向她父親，他冷靜在旁傾聽。

「妳認同自由性愛。」

「自從避孕藥發明後，我看不出來為什麼性愛不能自由。」

「妳有實驗過囉？」

「那不干妳的事。」

那位父親看到兩位女人就要吵起來，決定改變話題。

「我們不是來談論嬉皮的嗎？妳對我們的哲學提出了很棒的摘要。還想知道什麼？」

我們的哲學。五十歲的人談論「我們的哲學」？

「我想知道你們為什麼要搭巴士到尼泊爾。我看得出來，加上兩位的衣著打扮，你們搭飛機到那裡綽綽有餘。」

「因為對我來說，最重要的是旅遊的過程，可以認識更多的人，這是搭法航頭等艙不會有的體驗。之前我坐過好幾次了——大家彼此都不交談，儘管比鄰而坐長達十二個小時。」

「但也有……」

「沒錯，當然有其他巴士比這輛笨重的老校車更舒適，它的懸掛系統實在不行，椅子也不能往後靠——我想這就是妳要問的。其實，一切只因為在我的前世——

換句話說，在我身為行銷總監時——我早就認識我該認識的人們了。老實說，大家都是彼此的複製品——面對同樣的競爭、追求一樣的利益、擁有相同的興趣、浮誇程度也差不多，他們的人生背景跟我的童年經驗差很遠，我從小就陪著父親在亞眠附近的田裡幫忙。」

記者開始翻閱她的筆記；她真的佔了下風。很難挑動這兩人的情緒。

「妳在找什麼？」

「我之前寫的關於嬉皮的紀錄。」

「但妳已經把我們整理得這麼好：性、毒品、搖滾樂以及旅遊。」

法國人竟然把她看得如此透徹，真是始料未及。

「你可能認為這就是全部，但不只如此。」

「還有嗎？那麼請告訴我們，因為當我接受女兒邀約，參加這次旅行時，我只知道自己很不快樂，卻沒有時間搞懂細節。」

記者說沒關係，她已經得到了自己需要的資訊——她心想：其他的我再隨便胡謅就好了，不會有人知道。但雅克還不準備放棄。他問她想喝杯咖啡或茶（「咖啡，我厭倦了這種加糖的薄荷茶」），土耳其咖啡或黑咖啡（「土耳其咖啡，我在土耳其；過濾液體真的很荒唐，渣滓也該在啊」）。

「我認為，我女兒與我值得多知道一些。例如，我們就不知道**嬉皮**這個詞從何而來。」他顯然是在挖苦她，但她假裝沒注意，並決定繼續。她超想喝杯咖啡的。

「沒人知道。但是，如果我們真要擺出法國人的架子，什麼都要追根究底找答案的話，性、素食、自由性愛與群體生活的起源來自波斯，由一位叫馬茲．達克[4]的人所創立的異教。我們對他瞭解不多。然而，當我們發現自己被迫需要撰寫關於這場運動的許多新聞時，有些記者又找到了另一個源頭：一群被稱為犬儒派的希臘哲學家。」

「犬儒？憤世嫉俗嗎？」

「與『憤世嫉俗』四個字比較無關。犬儒派最知名的推動者就是第歐根尼[5]。根據他的說法，我們應該拋開社會強加給我們的一切——我們從小擁有的比我們所需要的更多——他認為我們必須回歸原始的價值觀。也就是說，接觸大自然法則，不過度依靠物質享受，在新的一天找到快樂，全然拒絕所有伴隨著我們成長的——力量、獲得、貪婪等等，人生唯一的意義就是擺脫自己不需要的一切，在每一分鐘、每一次呼吸中找到喜悅。第歐根尼據說就是住在木桶裡。」

司機走過來。那位長得像拉斯普丁的嬉皮一定會講法語，因為他坐在地板上聽。咖啡來了，記者重新得到力氣繼續上課。剛才的敵對氣氛消逝了，她成注意力的中心。

「這個想法在基督教世界非常風行，修士們會走進沙漠，尋找聖潔平靜，與神對話。直到今天仍然如此，都要拜美國人梭羅或印度解放者甘地之賜。讓一切純然簡單，他們都這麼說，這樣你才會快樂。」

「但它為何突然成了一種趨勢？一種打扮自己的方式，反倒成為了憤世嫉俗的人士——不再相信左派或右派？」

「我也不知道。有人說，跟一些大型搖滾音樂會有關，如胡士托。其他人說，這是受到歌手樂團的影響，例如傑瑞·加西亞和死之華、弗蘭克·扎帕和發明之母[6]，後者一開始就在舊金山免費演出。所以我才來這裡找上你們。」

她看看手錶，站了起來。

「對不起，我該離開了。我今天還有兩個採訪。」

她抓起資料，調整衣服。

「我陪妳走出去。」雅克說。敵意都消失了，她只是想把工作做好，不是來批判自己採訪的對象。

「不用了，你女兒剛才那些話，我沒有放在心上。」

「我還是會陪妳走出去。」

---

4 Mazdak（生年不詳，卒於524或528），波斯薩珊王朝時期的祆教僧侶，宣揚平等，主張財產共有。（編按）

5 Diogenes（約412-323B.C.），古希臘哲學家，犬儒學派的代表。（編按）

6 Frank Zappa（1940-1993）美國傳奇搖滾音樂人，入列搖滾名人殿堂，並且榮獲葛萊美終身成就獎。（編按）

他們一起離開了。雅克問她哪裡可以找到香料市集——他不打算買什麼，但只是很想呼吸自己或許再也沒有機會體驗的香料與香草氣息。

記者告訴他方向後就離開了，她的腳步輕盈，朝反方向前進。

雅克走進香料市集時，心裡想的是——這裡的商家多年來販賣人們不需要的商品，因為他們被迫每半年就得來一次「新品」發表會，以刺激消費者的熱情——伊斯坦堡需要一個更積極的觀光單位。狹長的街道、小巧的店面、年代悠久的咖啡廳全讓他目眩神迷——各種裝潢擺設、人們的穿著打扮，還有男人們的鬍子都獨特無比。對了，為什麼土耳其男人多半留著鬍子呢？

他停在一間酒吧休息，意外找到答案，這間酒吧的裝飾完全是新藝術風格，有點像在巴黎最隱蔽精緻的角落才能發現的小店，於是，他立刻決定喝當天的第二杯土耳其咖啡——咖啡豆與熱水，沒有濾網，和一種特殊黃銅杯一起送上來，手柄取代原來是把手的地方，他只有在土耳其才看過。他希望當天自己灌下的咖啡因能夠在一天結束前好好消化結束，讓他夜裡能安眠。這裡沒什麼客人，其實只有另一位客人——老闆看見他是外國人，跑過來找他聊天。

老闆問了許多關於法國、英國與西班牙的事；還提到自己這間咖啡館「和平咖啡館」的背景，他想知道雅克對伊斯坦堡的感想（「我才剛到這裡，但我認為應該讓人們多多認識它」），大清真寺與大市集（「我都還沒走到呢，我昨天才來的」），接著他開始談論他供應的上等咖啡，直到雅克打斷他。

「我注意到一件趣事，我可能錯了。但是，至少在城市的這一區，每位男士都留了鬍子——包括你，先生。這是傳統嗎？如果你不想回答，可以不必回答。」

酒吧老闆熱切地想答覆：

「我很高興你注意到了——這是第一次有外國人問我這個問題。而且我告訴你，因為我的咖啡很棒，所以來我這裡的都是常客，是我們這邊最高級的飯店推薦過來的。」

老闆沒經過他同意，就一屁股坐在雅克旁邊，要他的幫手——一個看起來甚至還沒過完青春期的小男孩，臉上半根毛都沒有——把薄荷茶送來。

咖啡與薄荷茶，這個國家似乎上上下下都喝這個。

「因為信教？」

「我嗎？」

「不，我是說鬍子？」

「完全不是這樣，因為我們是男人——榮譽與尊嚴的象徵，是我父親告訴我的，他總是將鬍鬚修整得無懈可擊，常常交代我，『有一天，你也會留著像我一樣的鬍子。』他教我，在我曾祖父那一代時，當該死的英國以及——請原諒我——法國人開始把我們趕上海面後，人們被迫得決定自己的去路。當時的軍營全是間諜出沒，人們便決定要把鬍子的形狀當作不同的代碼，某人可能反革命或挺改革，反對該死的英國人以及——請原諒我——法國人強加在人民身上的一切。這不完全算是暗號，而是一種自身原則的宣示。」

「從輝煌的鄂圖曼帝國結束之後，我國人民便必須決定為國家確定一條全新的路線，後來就延續下來了。希望改革的人們，鬍鬚會剃成M狀。仍然堅持舊有道路的人們則會留鬢角，看起來就像個倒過來的U。」

那些既不支持也不反對的中立人士呢？

「他們把臉刮得乾乾淨淨。但那些男人的家人會覺得很恥辱——因為他們看起來就像女人。」

「今天還是這樣嗎？」

「土耳其國父——凱末爾將軍——讓歐洲列強不要繼續將盜賊送上我國王位，他有時留著鬍子，有時沒有。大家看得糊里糊塗的。但是一旦傳統確立，就很難被遺忘，更何況，回到我們話題一開始，男人展現自己的男性氣概，有什麼不好？動物們也會用毛皮或羽毛做同樣的事情啊。」

凱末爾，這位勇敢的軍官參加了第一次世界大戰，避免列強入侵，廢除蘇丹體制，讓鄂圖曼帝國從此結束，將伊斯蘭教與國家分離（許多人認為不可能辦得到）。而且，對於該死的英國與法國人而言，他拒絕與協約國簽訂一份羞辱國格的條約——德國就簽了，就此無意間播下納粹主義的種子。

雅克看過幾張土耳其近代史最偉大英雄的相片，當時，他工作的公司強加威脅利誘，設法再次征服這個古老帝國。他倒是沒注意過凱末爾沒有留鬍子的模樣；他只有留意過對方的鬍子既不是M，也不是U，比較形似西方人，兩撇小鬍子在末端微微翹起。

我的天啊，他竟然學了這麼多關於鬍鬚的冷知識！他問對方該付多少錢，但是老闆婉拒了：下次再付吧。

「很多阿拉伯酋長來這裡植鬍喔，」男子最後說道。「我們這裡的技術最好。」

雅克又跟老闆聊了幾句，後來對方告退，因為有客人上門了。雅克把咖啡錢交給沒鬍子的少年助手，然後就離開了，默默感謝女兒確實推了他一把，讓他辭了工作，還領了優渥的遣散費。如果他從「假期」回來，告訴同事土耳其人與鬍子的關聯，大家只會覺得有趣，很有異國情調，但僅止於此。

他繼續前行，朝香料市集走，心想：**為什麼我從來沒有強迫父母離開亞眠的農田，出門旅行？**起初的藉口是他們需要錢，這樣他們的獨生子才可以接受適當的教育。等到他取得市場行銷學位——他爸媽根本搞不懂那是在幹嘛——他們又說，下一趟再出國吧，或再等等。其實每位農夫都很清楚，看天吃飯的工作永遠停不下來，農夫們一直在栽種、修剪、收穫的循環間忙得汗流浹背——穿插其間的則是無趣的農閒時刻，靜待大自然的規律週而復始。

事實上，他們從來就不打算離開自己熟悉的地區，彷彿家鄉以外的世界危機四伏，他們可能會在陌生的街道迷路，身處瞧不起他們的陌生都市，就怕自己的鄉巴佬口音會露出破綻。錯了，世界都一樣。人人都有自己的歸屬，理應受到尊重。

童年與少年時期的雅克其實很少插手農事，一切正如他預期：找到一份好工作（他找到了），找到一個好女人結婚（那時他二十四歲），成家立業，周遊世界（他也這麼做了，到處出差，在機場、飯店與餐廳間忙碌奔波，妻子耐心在家等待，設法在養大女兒之外，尋找自己人生的意義）。然後，他會升職當總監，最終退休，返鄉養老。

回首這些年，他本以為他自己可以跳過中間階段——但他的冒險精神與無窮好奇促使他向前，不眠不休投入他熱愛的工作，到頭來，在他步步高升時，卻徹底痛恨它。

他原來可以再等一陣子，在正確的時機離開，他迅速晉升，薪水翻了三倍，他女兒——他每次都是出差返家後，才發現她又長大了一點——開始上大學，學習政治學，妻子最終和他離婚，因為她發現自己的人生沒了目的，現在她獨居，瑪莉有了男友，搬進對方家裡。

他在行銷（這兩個字一開始只是個動詞，後來成了職業，最後反倒變成流行）

有許多想法都被採納，儘管曾經有幾個急於表現的實習員工有過質疑，他見怪不怪，迅速剪斷那些試圖「證明自己」的年輕人羽翼。每一年他都收到大筆紅利與年終獎金。現在，他再次單身，聚會更多，認識了幾位女朋友，她們很有趣，而且只為自己的利益著想——大家都知道他的化妝品公司，女朋友們總是暗示自己可以當廣告明星，他既不拒絕，也沒承諾什麼。時間緩緩流逝，自私的女友們離他而去，真心對他的人則希望他可以娶她們，但他早已將未來準備好了：再工作十年，他仍然算是中壯年，口袋滿滿，充滿了可能性。他會周遊世界，這次是亞洲，因為對它他仍然不太瞭解。他會試圖讓女兒——她現在已經是他最好的朋友——教導他。他們夢想要造訪中國三峽，到喜馬拉雅山，安地斯山以及南極附近的烏斯懷亞——當然是在他退休以及她畢業之後。

直到兩件大事撼動了他的人生。

第一次是一九六八年五月三日，他在辦公室等女兒一起搭地鐵回家；過了一個多小時，她還沒到。他決定在聖許畢斯教堂附近的辦公室櫃檯留張紙條（公司還有其他據點，但他的部門不在公司的豪華總部），準備自己回家。

突然間，他抬頭一看，遠方的巴黎市區正在熊熊燃燒。黑煙瀰漫在空中，警笛四處可聞，他首先想到的是俄國人，他們轟炸了城市！

不久後，他就被一群孩子推在牆上，他們臉上蓋著濕布，高喊「獨裁政權必倒！」後面跟了一群武裝警察，對他們發射催淚彈。有人絆倒了爬不起來，步伐不夠快的人立刻遭警察毆打。

他的雙眼因為催淚瓦斯灼熱，他不知道究竟發生了什麼事——這一切的意義是什麼？他需要找人問清楚，但最重要的是，他需要找到他女兒——她在哪裡？他試圖走到索邦大學，但街道已經完全被擋住，「維持秩序」的一方以及看起來像是恐怖電影中的無政府主義相互丟擲物品交戰。輪胎燒起來，石塊扔向警方，酒瓶四處亂飛，所有的大眾運輸工具全都停擺。更多的催淚瓦斯，更多的呼喊，更多的警笛，更多的石塊被人們從地面挖起來，更多的孩子遭受毒打——我的女兒在哪裡？

我女兒呢？

朝衝突現場前進絕對是錯誤的——幾乎等於自殺。他最好走路回家，等瑪莉主動聯絡，靜待一切結束。應該過一夜就會平息了。

他從未參加學運，他人生還有其他目標，但他見過的抗議運動從來沒有超過幾小時。他現在只能回家等女兒聯絡——這是他當時唯一祈求神的。他們生活在一個擁有眾多特權的國家，年輕人應有盡有。成年人知道，如果他們努力工作，退休後不會有任何後顧之憂，可以繼續喝世上最好的葡萄酒，吃世上最棒的美食，在世上最美的城市漫步，不用擔心被人搶劫。

女兒的電話大約在凌晨兩點才出現——他整晚電視沒關；兩大公共電視頻道不斷分析、分析再分析巴黎的事件。

「別擔心，爸爸。我沒事。我該讓後面的人講電話了，我以後再解釋。」

他試圖想問問題，但她已經掛斷電話。

他整晚都睡不著。抗議活動持續的時間比他想像得長。政論節目的主角們顯然與他一樣驚訝。一切就在瞬間爆發，毫無預警。但他們試圖保持冷靜，探討警察與學生間的對峙，利用社會學家、政治學者、分析師、幾名警察以及學生間誇張渲染的解釋，設法理解全貌。

最終，腎上腺素離開了他的血管，他累壞了，精疲力竭倒在沙發。當他睜開眼睛時，已經是早上，該上班了，但是電視上有個人不斷警告人們不要離開家；無政府分子佔據了大學校園、地鐵站，讓街道癱瘓，這是在侵犯民眾的基本人權，某人補充。

他打電話到辦公室，沒人接聽。他打電話給總部，有人在那裡過夜，因為他住在郊區，根本回不了家。那人告訴他在城裡移動沒有意義。只有住在辦公室附近的人才有可能上班。

「今天就會結束了。」對方說道。雅克想找老闆說話，但他也還沒來上班。混亂與衝突沒有如期停止。相反地，當人們看到警察對待學生的方式時，情況就惡化了。

索邦大學是法國文化的象徵地標，早已被學生佔據，教授們不是加入了抗議團體，就是被逐出。幾個委員會已經成立，目標不是被放棄就是被實踐，都是電視上說的，此時，社會風向對學生比較同情。

他家附近的店都關了，只除了一名印度男人的雜貨店，門外有一排人。他耐心地加入隊伍，聽大家七嘴八舌討論：「政府怎麼都沒作為？」「我們繳這麼高的稅，結果警察根本啥也做不了？」「都是共產黨的錯。」「我們沒把小孩帶好，他們自以為可以推翻我們教他們的東西。」

差不多就這些內容。大家唯一無法解釋的，就是這一切為什麼會發生。

第一天過了。

然後是第二天。

第一個星期結束。

然後事情每況愈下。

他的公寓就座落在蒙馬特區的一座小山丘，離辦公室要搭三站地鐵，從窗戶就能聽到警笛聲，看見燃燒的輪胎升起黑煙。他緊盯著街道，等待女兒回家，三天後，她匆匆返家，抓了一些衣服——隨便找東西吃，然後又離開了，嘴裡不斷重複，「我稍後再解釋。」

他本以為這不過是短暫動亂，憤怒終會平息，但怒火卻蔓延全法國；員工綁架老闆，全國大罷工。多數工廠都被工人佔據——就像一週前大學陷入停擺那樣。法國完全停止運作。問題不再是學生了——他們似乎改變了注意力，現在揮舞印有**自由性愛**、**資本主義去死**、**開放邊界**或是**資產階級懂個屁**的大旗。

現在的問題，是全國大罷工了。

電視是他唯一的資訊來源，他驚恐發現，過了二十天地獄般的日子後，法國總統終於現身告訴同胞，他要舉辦公投，主張「文化、社會與經濟的復甦」。萬一沒有過關，他會辭職下臺。那可是戴高樂將軍，他撐過了納粹攻擊，結束了阿爾及利亞的殖民戰爭，他深受眾人欽佩與愛戴。

戴高樂提出的建議對勞工毫無意義，這些人對自由性愛、開放邊界什麼的也很無感。他們腦子裡只有一件事：工資的實質增長。總理龐畢度與工會領導人、托洛茨基黨人、社會主義派以及反政府人士見面，直到那時，危機才出現轉機——大家面對面，討論自己不一樣的訴求。所有的歧見都是這個政府造成的。

雅克決定參加一場親戴高樂的示威。全法人民驚恐目睹示威行動蔓延到所有城市，聚集了大批人民，而那些雅克口中稱之的「反政府分子」很快就退縮了。新的勞工協定已經簽署。學生不再提出任何要求，也逐一回到學校——他們似乎認為自己的勝利不算什麼。

到了五月底（或六月初，他記不得了），他的女兒終於回家，告訴他，他們有實現自己想要的一切。他沒有問她他們究竟訴求什麼，她也沒有詳細說明，但她看起來又累又失望，非常沮喪。餐館重新開張。他們吃了燭光晚餐，完全避開之前的話題。雅克不打算告訴她，自己曾經參加挺政府的集會活動。他唯一嚴肅看待的話題是當她開口說：

「我厭倦了這個地方，我想去旅行，遠離這裡的生活。」

到最後，她放棄了這個想法；首先，她需要「完成她的學業」，雅克明白，期盼看到一個繁榮、具競爭力的法國人民，贏得了這場戰役。真正的革命家是不會去擔心能不能大學畢業，獲得文憑這種小事。

從那天起，他讀了好幾篇關於學運的文章，作者包括哲學家、政治人物、報社編輯、記者等等。他們都提到那個月稍早南特一所大學的關閉，但那並不足以帶來他親眼目睹的激烈暴動，那是他少數幾次鼓起勇氣離開家門見識到的。

他也沒看到有任何隻字片語，讓他可以下結論說道：「啊，事情就是從那裡開始的啦。」

第二個決定性的轉變時刻，是在巴黎最頂級餐廳的一場晚宴，那天他帶了非常特別的貴客——來自國外城市的潛在買家。法國在一九六八年五月已經翻開了嶄新的一頁，改革火焰更蔓延至全球各地。沒有人會想重溫那些事件，萬一外國客戶詢問，雅克絕對會謹慎改變話題，強調「媒體太誇大其詞」。

相關議題的談話就此結束。

他是餐館老闆的好朋友；他們的交情足以互稱彼此名字，這讓客戶印象深刻——當然這也是計畫之一。他帶著客人走進餐廳，服務生會立刻引他到「他的桌子」（反正就看當天餐廳客滿的狀況，客人不會察覺的）。香檳立即送上，菜單奉上，每人點了自己想吃的套餐，雅克會點紅酒，最貴的那一款（「跟之前一樣嗎？」（服務生會這麼問，雅克點點頭），話題內容大同小異（客人討論要去麗都、瘋馬俱樂部或是紅磨坊；外國人怎麼會認定巴黎只剩這三個地方可去？）。這類應酬絕對到最後才會討論到生意，人人來一根上等古巴雪茄，接著商討最後的細節，大家的語氣都彷彿自己才有決定權，但其實採購部門早就準備好相關文件，只等最後簽名，就大功告成了。

大家點好自己的餐點後，服務生轉向雅克：「您老樣子嗎？」

老樣子：開胃菜是牡蠣。他解釋它們是生的，外國客戶非常震驚。他計畫接下來要點蝸牛。最後再來一盤青蛙腿。

沒有人敢加入他，他就想要這樣。這也是行銷手法之一。

開胃菜同時上桌。牡蠣來了，大家都等著看接下來會發生什麼事。他在第一個生蠔上面擠了一點檸檬汁，眾人無不驚恐以視，然後，他將它塞進嘴裡，讓它滑入食道與胃，細細品味那仍留在殼裡的海水氣息。

接著，大約兩秒鐘後，他竟然無法呼吸。他設法保持冷靜，但做不到——他摔到地上，確定自己就要掛了，他瞪著天花板與水晶吊燈，那應該是進口的傑克水晶燈。

他的視野開始改變；現在他只能看到黑色與紅色。他想要坐起來——他這輩子吃過沒有數百個——也有數十個生蠔吧，從來沒有這種反應，他再也無法控制自己的身體。他試圖把空氣吸到肺部，但它拒絕。

當下餐廳立刻陷入焦慮慌亂，然後雅克死了。

突然間，他已經飄浮在天花板附近，低頭看著一群人聚集在他周圍。其他人試圖騰出空間，找人幫忙，剛才那位摩洛哥服務生跑向廚房。他的視野並不完全清晰鮮明；彷彿他與下面的場景隔著一層透明面紗或水霧。恐懼，以及其他一切——已經不復存在——一股排山倒海的和諧感壟罩了一切，還有時間，因為時間仍然存在，仍在加速。下方的人們慢動作移動，換句話說，他就像在看幻燈片。摩洛哥服務生跑回來，畫面消失了——現在他只看到一片白茫茫的空無，那靜謐和諧的感覺幾乎觸手可得。與其他人描述過的場景相反，他沒有看見什麼黑暗隧道；他只感受到周遭有一股親愛溫馨的能量，他好久沒有這種感覺了。當時的他，只是母親子宮的胎兒，如此而已——他再也不想離開了。

突然，他感覺到一隻手抓住他，把他往下方拉。他不想離開；他終於享受到他這輩子奮戰努力並等待的結果——和平、愛、音樂、愛、和平。但那隻手用難以置信的力量拉扯他，他再也無法與它對抗。

當他睜開眼睛時，他第一眼就看見老闆的臉，對方的表情介於極度擔憂與欣喜若狂之間。他的心臟狂跳，他反胃，就快吐出來了，但他控制住自己，他渾身冒著冷汗，一位服務生拿了一條桌巾替他保暖。

「你哪裡研發這種可愛的蒼白色調以及美麗的紫藍色唇膏啊？」老闆問。

客人們全都坐在他身旁，大家都鬆了一口氣，簡直嚇壞了。他想站起來，但老闖阻止他。

「你給我好好休息。這不是餐廳第一次發生這種事，也不會是最後一次。所以我們跟多數餐館一樣，都準備了急救包，繃帶、消毒藥水、去顫器，以及最幸運的是腎上腺素，我們剛剛替你打了一針。你有親人的電話號碼嗎？我們已經叫了救護車，但你已經平安了。他們也會問同樣的問題，不過，如果你找不到親友，我想你的同伴可以和你一起去醫院。」

「是生蠔的關係？」這是他擠出來的第一句話。

「當然不是——我們的品質最優。但我們不知道生蠔吃了什麼——看起來，我們這位小東西，沒有製造珍珠，反而善用你的體質，決定把你給殺了。」

那會是什麼？

救護車到了，醫護人員想把他放上擔架，但他說他沒事。他需要相信這一點，坐起來時有些費力，但救護人員堅持要他躺在擔架上，他決定不再爭論。他們要他提供親友的電話號碼，他給了他們女兒的號碼，這是一個好兆頭，表示他能清楚思考了。

救護人員量他的血壓，要他看著手電筒的光，將手指放在他鼻尖。他聽從每一道指令，但他急著想離開了。他不需要去醫院，儘管他確實付了大筆稅金，享受完善健全又免費的健保服務。

「我們很可能讓你留院一晚觀察。」他們告訴他，他們走到門口的救護車，路人好奇觀望，大家總是很開心看到有人狀況比自己更差。人類就是這樣，生死難以預料。

前往醫院的路上，救護車並沒有大鳴，警笛關閉了（這是好兆頭），他問他們是不是生蠔的緣故。救護人員的回答與餐廳老闆一樣。不是，若是生蠔，發作時間不會這麼迅速，可能得好幾個小時。

那會是什麼？

「某種急性過敏。」

他要求他們詳細說明得更清楚——餐館老闆剛才說可能是牡蠣吃了什麼東西，救護人員也證實了這一點。沒有人知道這種過敏現象為何或何時會發生，但他們知道該怎麼處置。技術上而言，這是一次「過敏性休克」。一位救護人員告訴他，這類過敏可能莫名其妙就出現，毫無預警。「例如，你可能從小就吃石榴，但有一天，吃了它之後，你幾分鐘內就掛了，原因我們根本無法解釋。又比方說，某人好幾年來都在種花，也種了一些香草植物，品種都沒更動，花粉季節也如常，但是有一天他開始咳嗽，喉嚨痛，他還以為自己感冒了，進屋休息，但突然他走不動，這不是喉嚨痛，這是氣管緊縮。我們一天到晚在處理這種緊急事件。」

「昆蟲也可能更危險，但即使如此，我們總不能一輩子不碰見蜜蜂吧？對嗎？」

「不要害怕。大多數過敏並不嚴重，也跟年紀無關。最嚴重的就是過敏性休克，像你剛才那樣——其他時候頂多是流鼻涕、紅疹、騷癢。」

他們到了醫院，他女兒等得心急如焚。她已經知道父親在餐廳出現嚴重過敏，當時要是沒有急救，有可能會致命。但是這種過敏極其罕見，他們進到一間私人病房——瑪莉已經提供醫院保險號碼，所以不用跟大家一樣進候診室。

他換了衣服——因為太緊急，瑪莉忘記帶他的睡衣，他只好穿著醫院提供的病人長袍。醫生進來了，先替他把脈——它恢復正常了；他的血壓仍然偏高，但他將此歸咎於二十分鐘前遇上的事件。醫生要求瑪莉不要待太久，告訴她，第二天她的父親就可以回家了。

她拉了一張椅子到床邊，握住父親的手，突然間，雅克哭了。一開始他只是默默流淚，但不久之後就成了哽咽，最終是爆哭，他知道自己需要發洩，因此他甚至沒有努力控制自己。淚水一開始就停不下來，女兒深情拍拍他的手，她放鬆了，但也嚇到了。這是她第一次看到父親哭泣。

他不知道自己哭了多久，他慢慢平靜下來，肩膀、腦袋與人生的重擔似乎就這麼卸下了。瑪莉覺得他該睡一覺，把手抽開，但是他仍然握著她。

「別走，我需要告訴妳一些事情。」

她把頭放在父親的腿上，就像她小時候聽他說故事那樣，他用手指穿過她的頭髮。

「你知道你沒事，可以回去工作，對不對？」

是的。他知道。第二天他就要去上班——不是他的辦公室，而是總部。一路跟著他攀升的總監請他明天見面。

「我想告訴妳，我死了幾秒鐘，或幾分鐘，或是一段永恆——我失去了時間感，因為一切都是緩緩發生。突然間，我看見自己被一股充滿愛的能量包圍，過去我從來沒有這種感受，彷彿我就在……」

他的聲音開始顫抖，想努力壓抑淚水。但他繼續。

「……就在神面前。就是那樣，妳懂的，我從來不信神。妳去天主教學校，只因為我覺得離家很近，師資又好。我參加學校宗教儀式時，每次都悶得發慌，但妳媽很自豪，也讓我覺得有參與感。但這都是我為妳做的犧牲。」

他繼續撫摸女兒的頭髮——他從來沒想過問她是否相信神，因為時機總是不對。據他所知，她並沒有遵循她成長背景的嚴格天主教養；她總是奇裝異服，跟一群長髮朋友閒混，聽的音樂從黛莉達到伊迪絲·琵雅芙都有。

「我一切都計劃好了，我知道要如何執行這些計畫，根據我的時間表，我很快就要退休了。有足夠的資金做我喜歡做的事。但是，當神牽著我的手時，在那幾分鐘、幾秒鐘或幾年內，一切都不一樣了。我一回到餐廳地板，看著老闆裝作冷靜卻憂慮萬分的表情，我明白，我再也不能過之前的生活了。」

「但你喜歡你的工作。」

「我非常喜歡它，我是最棒的。但現在我想告別這讓我充滿溫暖回憶的工作。明天我想請妳幫忙。」

「沒問題。你向來以身作則，是我最好的榜樣。」

「這就是我想麻煩妳的。多年來，我教了妳許多，現在，該妳教我了。我想跟妳一起環遊世界，看看我錯過的許多風景，留意觀察早晨與黑夜，把工作辭了吧，跟我一起出發，希望妳的男朋友能容許我放縱，耐心等妳回來，讓妳陪我同行。」

「我需要讓身心沐浴在我不認識的大河，暢飲我沒喝過的，在群山峻嶺沉思冥想，期待再度感受我今晚感受的愛，即使每年只有一分鐘都好。我要妳帶著我走遍妳的世界。我絕對不會成為妳的負擔，當妳認為我應該走自己的路時，只需要開口告訴我，我絕對照做。只要妳認為我該回來了，我也會順從，我們再一起邁出腳步。我再說一遍：我希望妳能帶領我。」

他女兒沒有移動，她父親不僅回到人間，還找到一扇通向自己世界的大門或窗——她原本完全不敢與他分享這麼多。

他們兩個渴望永恆。要滿足這渴求很簡單——只需要讓永恆出現在他們面前即可，除了自身肉體與信仰，他們不需要上窮碧落下黃泉，一股貫穿肉體，帶有「世界之魂」早已與他們如影隨形。

雅克到了市集大門，那裡的女人比男人更多，小孩比大人更多，不見什麼鬍子，只有很多頭巾。從他站的這個角落，就能聞到強烈的香味——混合了曾經觸及天堂卻又重回人間的香水，參雜了充滿祝福與彩虹的雨水氣息。

他們在飯店房間見到彼此，換上前一天洗的衣服，準備吃晚餐時，卡菈的語氣已經軟化了。

「你今天去了哪裡？」

她從來沒有這麼問他，他心想，這是他母親會問他父親，或其他已婚成年人的伴侶會問的問題，他不想回答，她也不堅持。

「我敢打賭你去市集找我了。」她說，開始大笑。

「我一開始是跟在妳後面走，但我馬上改變主意，走回本來的地方。」

「我有一個提議，你一定無法拒絕：我們到亞洲吃晚餐吧。」

她的建議不用花太多腦筋就能弄懂：只須走過連接兩塊大陸的橋。但魔法巴士不久後就要這麼做了，現在急什麼？

「因為有一天，我能夠告訴人們他們永遠不會相信的一些事：我在歐洲喝過咖啡，二十分鐘後，便走進在亞洲的餐廳，吃當地的美味佳餚。」

這主意不錯。他也可以這樣告訴朋友。沒有人會相信，他們會覺得他吸了太多毒品，但他何必在乎呢？眼前確實已經有一種毒品緩緩作用，時間就是從當天下午他走進那間有綠色牆壁、空空如也的文化中心開始，他在那裡遇見了那位老人。

卡菈一定在市集買了些化妝品，因為她走出廁所時，塗了眼影與睫毛膏，他從未見過這個模樣的她。她一直面帶微笑，這是他之前未曾注意過的。保羅想過要刮鬍子——他留山羊鬍已經很久，以便蓋住他的戽斗下巴，平常他只要有機會就會刮鬍子，不能刮鬍子反而讓他想起可怕的回憶，例如那段坐苦牢的日子。但是他都沒想到自己該買一把刮鬍刀了，最後一把他在進入南斯拉夫前就丟了。他穿了一件在玻利維亞買的毛衣以及那件鑲滿金屬星星的牛仔外套，兩人一起下樓。

飯店大廳不見巴士旅伴，只有司機在看報紙。他們問他如何跨橋到亞洲，司機笑了。

「我可以告訴你們，我第一次來時也做了同樣的事情。」

他給他們相關資訊，例如搭公車（「別想用走的」）而且不斷道歉，因為他忘了在博斯普魯斯海峽對面吃過午餐的超棒餐廳名字。

事實上，他們要去的不是亞洲，而是君士坦丁堡。其他人總是嘲笑司機，現在他也在跟這對年輕男女開玩笑。美好的幻想總是受人歡迎。

「世上發生什麼事了？」卡菈指著報紙。司機似乎也訝異看見她的妝容以及微笑。風向變了。

「最近幾週比較穩定了。事情已經冷卻了，根據報紙的說法，巴勒斯坦人——在這個國家佔了多數——正計劃發動政變，以後將永遠被稱為『黑色九月』。至少他們是這麼稱呼的。但旅行路線一切正常——我也已經打電話進辦公室，他們還是建議我在這裡等待指示。」

「太好了，我們也不急。伊斯坦堡等於一整個世界，等著我們去探索。」

「你們兩個需要去安納托利亞 。」

「時間如果足夠，一定會去。」

他們走到車站時，保羅注意到卡菈牽著他的手，讓兩人看起來彷彿超越現狀——像一對男女朋友。他們閒聊，那晚的滿月明亮可愛，無風無雨，是吃晚餐的完美天氣。

「今天我付錢，」她說，「我超想喝酒的。」

他們登上了穿越博斯普魯斯海峽的公車，陷入肅靜，彷彿剛有了一次靈性頓悟。他們第一站就下車，朝亞洲邊界走，那裡有五六家餐館，餐桌鋪了塑膠桌布。看見第一間餐廳，兩人就走進去了，望著眼前的景象：伊斯坦堡的古蹟建築並沒有如歐洲那樣打上燈光，但是月光柔和投射在城市上，那是他們見過最美麗的畫面。

一位服務生走過來要替他們點餐。他們請他推薦最傳統的美食。服務生不習慣這種要求。

「但可能至少讓我知道你們想吃什麼，來這裡的客人多半知道自己要點什麼。」

「我們要最好吃的，這樣還不夠嗎？」

這樣應該足夠了，服務生沒有再抱怨，接受了這對外國男女很信任他的事實。這可是責任重大，但也讓他非常開心。「兩位想喝什麼酒呢？」

「最上等的當地紅酒，不要歐洲來的，畢竟我們人在亞洲。」

這是他們第一次一起在亞洲用餐，人生第一次！「可惜我們這裡不能提供酒精飲料。這是嚴格的宗教規定。」

「土耳其是個世俗國家，不是嗎？」

「是的，但老闆很虔誠。」如果他們想換餐廳，離這裡兩個街區有一間適合他們的去處。再走兩個街區，他們就可以喝到他們的紅酒，卻看不見沐浴在月光下的伊斯坦堡。卡菈自問，她是否可以不喝酒，就把心裡話全說出口。保羅一點也不遲疑——這頓晚餐不喝酒了。

服務生拿了一個金屬小燈放在桌子中央，裡面點了一根紅蠟燭，他們沒有說話，全心享受周遭美景，暢飲流動的旋律。

「我們分享彼此白天做了些什麼。你說你要去市集找我，結果改變心意了。這樣很好，因為我根本不在市集。明天一起去吧。」

她不太一樣了，顯然變得溫柔隨和——這很不典型。她是不是找到了別人，需要分享她的體驗？

「你先說吧。你要去尋覓一種宗教儀式。找到了嗎？」
「不完全是我要找的，但我發現了某些東西。」

「我就知道你會回來，」沒有名字的男人看到身穿五顏六色的年輕男子走進大門時說道。「我想你一定在這裡有強烈的體驗，因為這裡充滿了旋轉苦修僧的舞蹈能量。當然，我必須強調，地球上的每個地方都在最細微之處，存在著神的大能──昆蟲、沙子，一切的一切。」

「我想學習蘇非派。我需要一個老師。」

「那就去尋覓真理。尋覓與它如影隨形，即使時時帶給人痛苦。有時候，真理保持緘默許久，也有可能不願告訴你你想聽的話。蘇非派如此而已。其餘一系列神聖的儀式，只在強化狂喜狀態罷了。但為了參與其中，你有必要改信穆斯林，這我卻無法太贊同。沒有必要只為了某個宗教儀式改變自己原有的信仰。」

「但我希望有人能指引我前往真理的道路。」

「那就不是蘇非了。成千上萬的書都在探討通往真理之路，卻沒有一本解釋真理究竟為何。人類以真理之名犯下許多滔天大罪。男男女女被活活燒死，整個文明遭受摧毀，抵觸原罪者被送走，尋求不同路線的人們也被驅逐。其中一位也因『真理』之名被釘上十字架。但在嚥氣前，祂為我們釐清了『真理』的終極定義。它無法帶給我們任何確定性，也不能提供我們任何深刻的想法。它不會讓我們優於別人，也不曾讓我們過度耽溺於個人偏見。『真理會使我們自由。你們必曉得真理，真理必叫你們得以自由。』耶穌說。」

他停頓了一下。

「蘇非派不過是讓你重生，更動你的心思，讓你知道，任何言語都缺乏描述宇宙的絕對，它的無限。」

餐點送上。卡菈清楚保羅在說什麼，也知道輪到她說話時，她要如何針對他的話發表評論。

「我們先吃，不用說話吧？」她問。又一次，保羅覺得她不太尋常——通常她說出口的每一句話結尾都會像是加了驚嘆號，強調她的語氣。

好的，就先不開口交談了。凝視天空中的滿月。月色之下，閃閃發光的博斯普魯斯海峽，兩人被燭光點亮的臉龐，彼此的心因為原本陌生的人交會互動而跳動不已。我們越接納這個世界，我們就越有能力接收——愛恨亦然。

但此時此刻，保羅二者皆無，他並不尋求任何啟發，他也不想遵循什麼傳統，他忘了神聖文本、邏輯、哲學的諄諄教誨。

他進入了徹底的空無境界，它以其固有的矛盾，又填補了一切。

❖

他們沒有問自己究竟吃了什麼，只知道送上來的許多餐盤都只盛裝一小部分的餐點。他們不敢喝這裡的水，於是他們點了汽水，這樣更安全，但肯定比較無趣。

保羅挑戰開口問了一個他亟想知道的問題，它有可能會毀了整個夜晚，但他不願壓抑自己了。

「妳今天很不一樣。妳戀愛了嗎？如果妳不想回答，便不需要回答。」

「我找到人了，我戀愛了，雖然他還不知道。」

「是今天的事？這就是妳想告訴我的？」

「是的。等你說完你的故事。或者是你已經講完了？」

「沒有，但我需要把它交代清楚，因為故事還沒有找到結局。」

「我想繼續聽。」

她對他的問題似乎沒有生氣，他設法用美食集中心力——沒有男人會喜歡聽這些，特別是對象就是他一起吃晚餐的女人。他希望她全心全意投入，專注於這一刻，他們的燭光晚餐，落在水面與城市的柔和月光。

他開始享用眼前的千層義大利麵、用葡萄葉捲起來的米捲，看起來很像迷你雪茄、優格、新鮮出爐的麵包、豆子、燒烤骰子牛、各種形狀的披薩，灑滿橄欖和香料。他們的晚餐將持續至永恆。令他們吃驚的是，餐點很快就從餐桌消失了——它太美味了，可不能擺太久，冷了就不好吃了。

服務生回來將塑膠盤清理乾淨，問他能不能上主菜了。

「沒辦法！我們太飽了！」

「來不及了，我們做好了！」

「我們很樂意付錢，**拜託**別再上菜了，否則我們連路都走不動了。」

服務生大笑了起來。他們也笑了。一陣奇特的風吹來，帶進意想不到的事物，他們周圍充滿了不熟悉的香味與色彩。

這與食物、月光、博斯普魯斯海峽或大橋無關——而是與他們的那一天息息相關。

「剩下的故事請你說完吧？」卡菈點了兩根香菸，遞給他一根。「我很想告訴你我的一天，以及我如何了解自己。」

看來，她找到了她的靈魂伴侶。其實，保羅已經對自己的故事不再有任何興趣，但她拜託他告訴她，他會把它說完。

他的心思回到綠色房間，油漆從廊柱剝離掉落，破碎的窗戶曾是優異的藝術作品。太陽已經下山，室內一片漆黑，該回飯店了，但保羅開始質疑那位沒有名字的男人。

「但是您應該有過導師吧。」

「我有過三位——他們與伊斯蘭教完全無關，也對魯米的詩歌很不熟悉。在我潛心學習時，我的心問了天主：我走對路了嗎？祂回答：是的。但我堅持：天主又是誰？祂回答：就是你。」

「你的三個老師是誰？」

那人微笑，點燃了他身邊的藍色水煙壺，抽了幾口，然後將水煙壺交給保羅，保羅學著他照做，接著坐上地板。

「第一位，是一名小偷。有一次，我在沙漠走失了，回家已經是深夜，我將鑰匙留給鄰居，但我又不敢叫醒人家，最後我找到一個人請他幫忙，他不用一秒就開了門鎖。」

「這讓我大為讚嘆，求他教我訣竅，他告訴我，他這輩子都在搶劫，但我因為太感激他，還讓他投宿我家。」

「他在我家過了一個月。每天晚上他都會出去，說道：『我去工作了，你繼續冥想，一定要禱告喔。』當他回來時，我總是問他有沒有拿到了什麼，他總是回答，『今晚什麼都沒有。但是，若神垂憐，我明天願意再試一試。』」

「他是個快樂的人，我從來沒有見過他沒有收穫而絕望無助。在我人生大部分時間，我與神從未成功對話，我一直沉思冥想，卻什麼也沒有。我想起小偷的話——『今晚什麼都沒有。但是，若神垂憐，我明天願意再試一試。』這給了我繼續堅持的力量。」

「第二位呢？」

「一隻狗。我正走到河邊喝水，狗出現了。牠很口渴，但當牠接近河邊時，牠看到另一隻狗——那不過是牠的倒影罷了。」

「牠很害怕，馬上轉身狂吠，盡己所能擺脫另一隻狗，當然什麼也沒有發生。最後，因為牠實在過度口渴，牠決定面對現實，一頭栽到河裡；在那一刻，河面的狗兒消失了。」

沒有名字的男人頓了一下。

「最後，我的第三位老師是個孩子。他正步行到村莊附近的清真寺，手裡持著一根燃燒中的蠟燭。我問他：『點蠟燭的是你？』他告訴我，是的。我擔心孩子們玩火會有危險，我又問：『等到蠟燭熄了，你可以告訴我，火焰是哪裡來嗎？』」

「男孩大笑，將火焰捻熄，反問我：『先生，那麼您現在可以告訴我，火焰又去了哪裡嗎？』」

「在那一刻，我才明白自己有多愚笨。是誰點燃了智慧火焰？它又消失在何方？我明白，就像那根蠟燭一樣，人類在某些時刻，心底也帶著神聖之火，但卻從來不知道它從何而來。從那一刻起，我開始更關注我周圍的一切——白雲、大樹、河流、森林、男男女女。這一切都讓我擁有我需要的知識，這一輩子，我一直擁有成千上萬的良師啊。」

「我開始相信，火焰最終會點亮我需要的方向；我向來自詡為人生的門徒，我能夠從最簡單意想不到的事物學習，例如父母告訴孩子的那些故事。」

「這也就是為什麼，蘇非派的智慧不在於神聖文本，而在那些故事、禱告、舞蹈以及沉思之中。」

保羅再次聽見來自清真寺擴音器的呼喚，要信徒們進行當天最後一次禱告。沒有名字的男人跪著面對麥加，開始祈禱。等他結束之後，保羅問他隔天他能不能再回去。

「當然，」那人說。「但是，你只會學到你的心想教你的東西。我只能告訴你許多故事，提供一個你可以不斷回來的地方，在你尋覓沉默時，歡迎隨時回來——只要不是我們練習我們的宗教舞蹈時都行。」

保羅轉向卡菈。

「該妳了。」

是的，她知道。她付了帳單，他們走到海峽邊，聽得見橋上的汽車喇叭聲，但這些嘈雜無法破壞月色、水景，以及壯麗的伊斯坦堡風光。

「今天，我坐在歐洲那一邊，花了好幾個小時觀察水流。我想起我到目前為止的人生，我遇過的男人，還有我的各種行為，似乎從來沒有改變過。我厭倦自己了。」

「我問自己：我為什麼這樣？是否世界上只有我一個人無法去愛，或是還有其他人也無法去愛？我認識了許多男人，他們渴望為我做任何事，但我卻從未愛過他們，一個也沒有。有時，我還以為自己終於遇見了白馬王子，但那感覺不會持續太久——很快地我就無法忍受對方，無論他多麼貼心、疼愛或照顧我。我從未給過任何解釋，我只是告訴他們真相——他們總是無所不用其極，想要把我追回去，但是沒有用。他們光是用手碰觸我的手臂，想讓一切好轉，就讓我覺得噁心。」

「我還曾經跟威脅要自殺的人在一起——感謝神，那只是口頭威脅，我從未感到嫉妒。在我人生的某個階段，在我過了二十歲時，我以為我病了。我從來就不專情忠誠，我總是不斷劈腿，即使我身邊的男人願意為我做每一件事。我認識了一位精神科醫生，或心理諮商師，我不確定，我們一起去了巴黎。那是有人第一次注意到，然後他開始標籤我，認為我需要醫療介入，因為我的身體缺乏某種荷爾蒙。我沒有找人協助，我馬上搭飛機回阿姆斯特丹。」

「你可能注意到了，也不難想像，男人很輕易就被我迷倒。但我很快就失去興趣，所以我才打算到尼泊爾，而且不再回去，在那裡終老一生，探尋我的神的愛——我承認，這是我直到最近才有的感受，而且仍然不是很確定。」

「事實是，我的問題一直沒找到答案，我不想找醫生，我只想從世界消失，讓自己一輩子奉獻於沉思冥想。如此而已。」

「因為沒有愛的人生，就不值得活了。沒有愛的人生又是什麼？是一棵無法結果的大樹，一次沒有美夢的睡眠，有時，那甚至是輾轉難眠。一天天週而復始如行屍走肉，只殷殷期盼陽光照進一個封閉空間，你雖然知道鑰匙放在哪裡，卻完全不想開門走出去。」

她開始碎不成聲，好像快哭了。保羅湊近她，想靠近她，但她將他推開。

「我還沒有說完，在男人之間，我向來游刃有餘，讓我非常有自信，自以為優越，潛意識我不斷告訴自己：我只會在某人能夠馴服我之前，臣服於他就好，到目前為止，這個人都還沒出現呢。」

她轉向他，原本以為已經淚水滿盈的雙眼，如今閃爍發亮。

「你為什麼會在這裡，到這個『充滿夢想的國度』？因為我**想要**。我需要陪伴，而我認為你是理想的旅伴，儘管看遍了你的所有缺點——看著你跟著哈瑞奎師那那些人走過大街，假裝自己自由自在；堅持要去日昇之屋證明自己的勇氣，但真的很蠢。甚至接受我參觀風車的邀約——風車！——你還表現得像是上了火星一樣。」

「因為妳堅持啊。」

卡菈沒有堅持，她只是提出建議，但顯然她的建議總是被視為命令。她繼續說下去，沒有多做解釋。

「那天，我們看完風車回來，去做我想做的事情——買車票到尼泊爾——我意識到我愛上你了。不為了什麼原因，一切都沒有改變，也不是因為你說了或做了什麼——完全不是，但我深深被你吸引，而且我知道，就像之前的每一次一樣，這種感覺不會持續太久——你一點也不適合我。」

「我一直等待那種感覺過去，但沒有。當我們開始找雷楊與梅瑟聊天後，我第一次感到嫉妒。我曾經羨慕、憤怒，沒有安全感，但是嫉妒？那可不屬於我。我總覺得你們大家應該多關注我，我這個獨立、美麗、聰明、意志堅定的女人。我想自己不是嫉妒梅瑟，是因為自己沒有成為眾人注目的焦點而羨慕。」

卡菈牽起他的手。

「然後今天早上，當我坐在河畔，回想我們一起圍著營火跳舞的那個夜晚，我發現那不是我暫時的迷戀——絕對不是，那是愛。即使經過昨晚的親密時刻，你表現出自己是個多麼糟糕的情人後，我仍然愛著你。當我望著海峽時，我仍然愛著你，我知道我愛你，我知道你也愛我。我們可以一起度過餘生，無論是在旅途中，到了尼泊爾，甚至是里約，或置身荒島。我都愛你，我需要你在我的生命裡。」

「不要問我為什麼我現在說這麼多——這些話，我從來不曾告訴任何人，你也知道我說的句句都是真話。我愛你，我更不打算解釋我的感受。」

她轉過身面對他，等待保羅親吻她。他的吻有點陌生，他說也許等他們回到歐洲，回到飯店——這一整天非常漫長，充滿了各種情緒與純然絕對的幻覺。

卡菈覺得害怕。

保羅更是恐懼；他與她共享一次華麗的冒險——也有過激情時刻，他更曾經盼望她永遠不要離開他，但一切都結束了。

不，他不愛她。

早上大家聚在一起吃早餐，交換彼此的經驗與景點推薦，卡菈傾向獨坐一旁——人們問到保羅時，她只回答他想善用每一秒更深入認識旋轉苦修僧，所以他每天早上都去找某位可以教導他更多的新朋友。

「『清真寺、紀念碑、蓄水池，這些伊斯坦堡的奇景都可以等，』他告訴我。『它們不會不見。但是我在學習的事物可能稍縱即逝了。』」

其他人完全理解，畢竟據他們所知，卡菈與保羅之間，不過是共享一室的關係罷了。

他們從亞洲回來的那一晚，兩人瘋狂做愛，讓她香汗淋漓，心滿意足，甘願為這個男人做任何事。但是他的話越來越少。

她不敢問他那個明確的問題——你愛我嗎？——她心裡的答案是肯定的。現在的她只想將自己的需要擱在一旁，讓他去見那位他一直提到的法國人，同時盡可能多加學習蘇非派的知識；畢竟這是一次獨特珍貴的契機。那位看起來像拉斯普丁的年輕人邀她一起參觀托普卡皮博物館，但她婉拒了。雷楊與梅瑟也邀她和他們一起去市集——這裡的一切讓他們目眩神迷，以至於他們忘記了最重要的一點：人們在那裡如何生活？他們吃些什麼？他們買了什麼？她答應了，於是大家同意隔天一起去。

司機告訴她想去就得把握時間——約旦方面的戰爭已經受到控制，隔天他們應該盡快離開。他請卡菈告訴保羅，似乎將她當作他的女友、情人或妻子。

她回答，「沒問題。」但其他時候，她的答案會像該隱說亞伯那樣：「我豈是我兄弟的看守嗎？」

聽到司機的話，眾人開始表達不滿。但又能如何？現在才第三天，他們原本打算在伊斯坦堡待上一星期，第一天甚至不算，那天太累了，什麼事也沒做。

「不行。我們要去——而且一定得去尼泊爾——我們停在這裡，因為我們別無選擇。現在我們得盡快離開，根據報章雜誌以及我公司的說法，武裝衝突隨時可能爆發，而且加德滿都還有人等著搭回程巴士。」

司機把話講白了。隔天早上十一點還沒準備好出發的乘客，就等著十五天後的下一班巴士吧。

卡菈決定跟著雷楊與梅瑟去市集。他們注意到她不一樣了，步伐輕盈，容光煥發，雖然沒有人敢說什麼。這個女孩向來自信滿滿，對自己的決定非常有把握，看來是無可救藥愛上那位蓄山羊鬍的瘦弱巴西男人了。

同時，卡菈心想：嗯，其他人也一定注意到我的改變，他們不知道原因，但他們注意到了。

這是多麼美妙的事啊，能夠愛人。她現在才知道為什麼這對人們如此重要——對每個人而言都是如此。她回憶起來——儘管心中隱約有種痛楚——自己曾經替他人帶來的痛苦——但世事就是如此，這就是愛情。

是它讓我們認識我們來到世上的使命，我們的生命目標。心中有愛的人，良善將如影隨形，走到哪裡都會有人守護，在困頓時刻，心靈能保持平和，寧願付出一切不求任何回報，我們將只為愛人而存在，手中持有光芒，成為豐沛的容器，帶著照亮道路的火炬。

這就是萬物之道——世界也會對那些有愛者更和善包容；惡將轉化為善，謊言會成為真理，暴力就要屈服於和平。

愛將用理智擊潰壓迫它的人，為那些尋覓關愛活水的人們解渴，永遠保持一扇開敞的門，讓光與蒙福雨水得以進入。

它讓時間過得不是更緩慢，就是更迅速，而時間再也不如從前的樣貌了——單調、令人難以忍受。

她的改變步調也很慢，因為真正的改變需要時間。但是，她確實不一樣了。

在他們出門前，瑪莉來找卡菈。

「妳跟那對愛爾蘭情侶說妳有帶一些啟靈藥，對嗎？」
是的，這很難查得出來，因為她將《魔戒》的一頁泡進啟靈藥的溶液。她原本打算在荷蘭風乾，但現在它仍然是托爾金作品的一部分。
「我真的很想試試看。這座城市讓我著迷，我想用嶄新的角度觀察它。啟靈藥辦得到嗎？」
是的，它可以。但對一個從未使用它的人而言，它可能是天堂，也會讓人下地獄。
「我的計畫很簡單。我們去市集，然後我在那裡不小心『迷路』，遠離大家，不會打擾到任何人。」
她不知道自己在說什麼，獨自體驗第一次旅行？不麻煩任何人？
一開始，卡菈很後悔自己大嘴巴，告訴人們她帶了「一頁」。她大可以告訴女孩她聽錯了，她更可以說她指的是書中人物，但其實她根本沒提到書名。她可以解釋自己不願意因此得到業障，特別是瑪莉。尤其這是她生命面臨重大變革的時刻，因為，一旦妳愛上一個人，不就應該開始愛每個人嗎？
她看著眼前的女孩，她比自己小個幾歲，擁有亞馬遜女戰士般的強烈好奇心，磨刀霍霍準備面對各種未知的艱險——很像過去的她。她很害怕，但這樣更好；同時感受到恐懼與良好才能知道自己真真切切活著，知道儘管到最後，死神仍在等待，卻能盡情享受生命的分分秒秒，不會時時憂懼慌張。

「我們去我的房間。我要妳先答應我一件事。」

「什麼都好。」

「妳絕不能離開我身邊。啟靈藥有好幾種，這是最強的——妳的經驗有可能美妙讓妳上天，也可能恐怖到讓妳下地獄。」

瑪莉大笑。這位荷蘭女孩跟瑪莉不熟，不知道她人生已經經歷過風風雨雨。

「答應我。」卡菈堅持。

「我答應。」

其他旅伴準備出發了，「女生的毛病」是最佳藉口，她們十分鐘內回來。

卡菈開門，驕傲炫耀自己的房間；瑪莉看到衣服吊得很高，準備晾乾，窗戶大開流通新鮮空氣，床上有兩個枕頭，看起來彷彿被颶風摧殘——與事實相去不遠，它帶走了一些東西，也留下許多問題需要善後。

她拿了背包，抓起那本書，打開到第一百五十五頁，用她向來隨身攜帶的小剪刀，剪了四分之一平方吋的小紙條。

接下來，她將它遞給瑪莉，要她咀嚼一下。

「就這樣？」

「老實說，我本來想給妳紙片的一半就好，但我想可能不會有任何感覺，所以這就是我平常使用的分量。」

這不是事實。她其實只給了女孩半份，根據瑪莉等會的行為以及對它的耐受度，她會確保她確實體驗了——只需要一點時間。

「記得我告訴妳的話：這是我之前的分量，離我上次用啟靈藥已經一年多了，我不確定我會不會繼續。還有其他更好的東西可以達到相同的效果，但我沒什麼耐性一一嘗試。」

「例如？」瑪莉將紙放進嘴裡，現在改變心意太遲了。

「冥想、瑜伽、排山倒海的強烈激情。差不多就是這些。只要能讓我們感覺彷彿第一次見到這個世界的東西都好。」

「我要多久才能感覺到效果？」

「我不知道，因人而異。」

卡菈闔上書，放回包裡。她們下了樓，跟大家一起走到大市集。

在旅館時，梅瑟拿了一本關於大市集的宣傳小冊，它在一四五五年由某位蘇丹創建，此人設法從教宗手中取回君士坦丁堡。在鄂圖曼帝國於全球獨領風騷時期，人們會帶各種商品到市集交易，它持續拓展擴大，以至於天花板建築結構不得不增建了好幾次。

即使讀了這些介紹，巴士旅伴們仍然沒有預備好自己即將見識的一切——成千上萬的人們將廊道擠得水洩不通、華麗的噴泉、精緻餐館、各個祈禱點、咖啡小店、地毯商家——這裡應有盡有，就連在法國最頂級的百貨公司能找到的貨品，在這裡也不難找到：精雕細琢的黃金首飾、包羅萬象、款式與顏色各具的服裝、鞋子、適合各種家庭的地毯，許多認真工作的工匠則無視喧鬧環境，專注創作。

其中一位商人想知道他們是否對古董感興趣——這些人一看就知道是觀光客；四處東張西望，好奇得很。

「這裡有多少店面？」雅克問這位商人。

「三千家。兩座清真寺。幾個噴泉，還可以找到最棒的土耳其美食。但我這裡有些宗教物品，你到哪裡都找不到喔。」

雅克感謝對方，說他很快就繞回來——商人知道這是在敷衍，加倍推銷商品，但他很快發現這沒有用，於是祝他們逛得開心。

「你們知道馬克．吐溫來過嗎？」梅瑟已經滿身大汗，很擔心眼前的景象。萬一發生火災，他們該怎麼逃出去？門在哪裡？不會是剛才他們走進來的小門吧？大家想看的東西都不一樣，該如何集體行動？

「馬克．吐溫怎麼說呢？」

「他說他無法用文字描述自己看到的畫面，但比起這座城市，此處給予他的經驗更為強烈重要。他提到色彩，目不暇給的視覺震撼，地毯、七嘴八舌的人們，一切亂中有序。『如果我想買鞋，』他寫道，『我不需要沿路一家家找，比較價格款式，在這裡，我只要找到彼此緊鄰的各個製鞋小攤就好，他們不相互競爭，也不會搶生意；重點在於誰能推銷得最好，誰就勝出。』」

梅瑟懶得提出這市集已經歷了四次大火與一次地震——不知當年傷亡多少。宣傳小冊完全沒提數字。

卡菈注意瑪莉的眼神固定在天花板上，它的弧形橫梁與拱門，她開始微笑，彷彿只能說出「太了不起了，真的太偉大了」之類的話。

他們的行進時速大約一哩。只要一個人停下腳步，其他人也得停下。卡菈需要一些隱私。

「以這個速度，我們甚至連下一區的角落都到不了。要不要大家解散，再約在旅館見面？可惜——我再說一遍，可惜的是，我們明天就要離開這裡了，所以我們一定要充分利用這最後一天。」

眾人莫不熱烈附議，雅克轉向女兒，想把她一起帶走，但卡菈阻止他。

「我不想一個人待在這裡，就讓我們一起去探索發現這個奇妙世界吧。」

雅克注意到女兒連看都沒有看他，只是一直瞪著天花板，不斷重複「太了不起了！」他們進入市集時，是不是有人給她大麻？她接受了嗎？她已經大到可以照顧自己了——他將她留給卡菈，那女孩非常超齡，也不斷強調自己比其他旅伴更聰明世故，不過最近兩天，她有收斂一點——只有一點點。

他自行離開，消失在群眾間。卡菈抓住瑪莉的手臂。

「我們快離開這裡吧。」

「但這裡好美。看看這些色彩，真的太了不起了。」

卡菈不是在請求她，她是在下達命令，她輕輕將瑪莉拉向出口。

出口？

出口在哪？「太了不起了！」瑪莉越來越陶醉在眼前景色，完全無法動彈，卡菈則沿路問了好幾個人該如何離開，每個人給的答案都不一樣。她開始緊張起來；這就有如一趟啟靈藥之旅，令人找不到方向，她根本不知道她與瑪莉要何去何從。

她那激進、咄咄逼人的態度又回來了；她先朝一個方向走，然後又轉到另一個方向，怎麼樣都找不到剛才進來的那扇門。其實有沒有走回原路並沒有那麼重要，但如今每一分每一秒都變得益發珍貴——空氣已經變得沉重，周遭人們全滿身大汗，不會有人分心在乎其他人，只專注於自己想買什麼，要賣什麼，或該如何殺價。

終於她突發靈感。她不該尋找出口，她該走一條直線，朝單一方向前進，遲早，她會遇到一堵牆，就是它把外界與這個當地最龐大的消費殿堂分隔開來。她直線前進，乞求神（神？）這條路不會太漫長。在她們朝自己選擇的方向前進時，她被擋路上千次，人們都努力想要推銷自己手上的商品。她推開他們，連「抱歉」都沒說，也沒想到他們可能出手攻擊她。

路上她遇到了一個鬍鬚還沒長齊的少年，他應該也是剛走進來，可能在找什麼東西。她決定用上自己所有的魅力，色誘他，加上她的說服力，請他帶她找到出口，因為她的妹妹神智不清。

男孩望著她妹妹，知道對方已經不知神遊到哪裡了。他想告訴她們，他有一位叔叔在附近工作，應該幫得上忙，但卡菈求他，說她知道妹妹的狀況，說妹妹現在只需要新鮮空氣，其餘都不用。

他只好違背自己本來的心意，後悔再也看不見這兩位有趣的女孩，帶著她們走到出口——原來她們離它僅僅不到六十呎。

走出市集的那一刻，瑪莉鄭重決定放棄自己的革命夢想。她再也不會說自己是共產分子，一心要解放被資方壓迫的勞工。

沒錯，她開始穿得像嬉皮，因為偶爾跟上潮流也不錯。沒錯，她知道爸爸有點擔心這一點，並開始瘋狂研究這代表的意義。是的，他們要去尼泊爾，但並不打算坐在洞穴冥想或造訪佛寺；他們的目標是與毛派分子會面，這些人準備揭竿起義，進行大規模叛亂行動，因為他們認定尼泊爾的君主政權過時專制，國王對人民的痛苦漠不關心。

她在大學時認識一位自我放逐的毛派分子，此人到法國，希望讓世人知道當地游擊隊軍人遭受屠殺的慘狀。

現在這些不再重要，她隨著自己的荷蘭夥伴走上一條完全不起眼的街道，感覺一切都比起剝落的磚牆及低頭走路的人們更有意義了。

「妳覺得有人注意到了嗎？」

「沒有，除了妳燦爛的微笑。這種毒品的作用不會太醒目。」

瑪莉自己卻注意到了：她的朋友很緊張，她不是從語氣中聽出來的——她不需要聽見她說話，卻能感受對方的「振動」。她很討厭「振動」這個詞，她不相信有這東西的存在——但在那一刻，她知道它們是真實的。

「我們為什麼要離開剛才的聖殿？」

卡菈丟給她詭異的眼神。

「我知道我們不是在什麼宗教殿堂啦，只是一種形容而已。我記得我的名字，妳的名字，我們最終的目的地，現在的城市——伊斯坦堡——但一切看起來又非常不一樣，彷彿……」

她花了幾秒鐘的時間尋找適合的文字。

「像是……我們走過了一扇門，離開目前的已知世界，那裡有我們的憂慮、絕望以及懷疑。這裡的人生似乎更單純，卻又更豐富快樂。我自由了。」

卡菈放鬆了一點。

「我看見了前所未有的色彩，天空彷彿鮮活了起來，白雲形成各種我無法描述的形狀，但我確定，它們正在傳達訊息，想指引我前進。我與自己達成了和平，我再也不是旁觀者：我就是世界。我帶著前人的智慧，為我的基因留下印記的先民。我成為了自己的夢想。」

她們經過一家餐館，它與城裡其他餐館並無二致。瑪莉仍然喃喃道「太了不起了！」卡菈不得不請她閉嘴，因為現在她們真的要走進一處不被允許進入的地方——這裡只讓男士消費。

「他們知道我們是遊客，我希望他們不會把我們踢出去，但拜託妳乖一點。」

於是就這樣，兩人走了進去，選了一張角落的桌子。大家都驚訝地看著她們，花了幾分鐘才意識到這兩個女孩不熟悉當地的習慣，然後繼續自顧自地聊天。卡菈點的是加了很多糖的薄荷茶——據說糖有助於減少幻覺。

但瑪莉的幻覺仍然天馬行空。她提到人們周圍有明亮的光暈，聲稱自己可以操縱時間，以及事實上，她曾經與一位基督徒鬼魂交談，他戰死在當地，就在那間小餐館的位置。這位基督教士兵在天堂找到了絕對的平靜，更高興自己能再次與地球上的某人溝通。他請她給他母親送個口信，但當他明白自己已經死了好幾世紀後——這裡瑪莉告訴他的——他只能放棄，同時感謝她，然後立即消失無蹤。

瑪莉喝了茶，把它當成人生的第一次經驗。她想用手勢與肢體語言表達茶有多麼好喝，但卡菈再次要求她控制自己。又一次，瑪莉感受到了同伴的「振動」，對方的光暈也破了好幾個洞。這是個壞兆頭嗎？不。看起來這些洞是舊傷，正在逐漸復原。她試圖讓卡菈冷靜——這是她能做的，於是開口跟她說話。

「妳跟那個巴西人之間有什麼嗎？」

卡菈沒有回答。光暈中有個洞似乎瞬間縮小，瑪莉改變話題。

「這東西是誰發明的？為什麼不免費發送給想要隱形的人們？看它能如何改變我們對世界的觀點呢？」

卡菈告訴她啟靈藥是偶然發現，在最難想像到的國家：瑞士。

「瑞士？他們只認識銀行、手錶、乳牛與巧克力耶。」

「還有實驗室，」卡菈補充。啟靈藥原本是研發用來治癒某種疾病的，卡菈想不起來是什麼病，直到它的合成者——或是發明人——多年之後決定親自品嚐這已經為全球製藥大廠賺進好幾百萬的藥品。他只吃了一點，然後騎腳踏車回家（時值全球捲入戰爭之際，就連中立如瑞士的國家，儘管只認得巧克力、手錶與乳牛，汽油也必須接受配給），就在那時，他注意到自己看見的一切全都變了樣。

卡菈注意到瑪莉的改變，她需要繼續說下去。

「嗯，這位瑞士人——也許妳會問我為何瞭解故事的來龍去脈，事實上這是我在圖書館看到的雜誌報導——他注意到自己連腳踏車都上不去……他請助理帶他回家，但後來他想也許最好先去醫院，可能是心臟病發作了。突然間，我在此引用他的話，或者差不多他是這麼說的，我不太記得：『**我開始看見自己從來沒見過的色彩，從來沒注意過的形狀，就算閉上雙眼，它們仍栩栩如生。我感覺像是站在巨大的萬花筒前，望著它創造各種圓圈與螺旋圖案，迸發爆裂出五顏六色的噴泉，像喜悅之河般流淌。**』」

「妳有在聽嗎？」

「或多或少吧。我不確定我是否全都聽懂，因為太多資訊了：瑞士、腳踏車、戰爭、萬花筒——妳能長話短說嗎？」

警訊出現了。卡菈又點了一杯茶。

「試著專心，看著我，把我說的話聽進去。集中精神。這種可怕的感覺很快就會消失。我需要坦白：我只給妳我平日用量的一半。」

這似乎讓瑪莉放鬆心情了。服務生把茶端來，卡菈要同伴喝下去，然後付了帳單，兩人走出戶外的冷空氣。

「瑞士人怎麼樣呢？」

瑪莉還記得剛才講到哪裡，這是好現象。卡菈自問如果情況沒有改善，不知哪裡可以買到鎮靜劑——如果她們站在地獄之門前，而非天堂的大門。

「這個毒品在美國藥局公開銷售長達十五年，妳也知道他們對毒品管制非常嚴格，它甚至上了《時代》雜誌的封面，因為可以治療精神病患與酗酒人士。後來它才變成非法藥物，因為它會出現意想不到的副作用。」

「像是……」

「那個我們稍後再談。現在，妳要設法遠離面前的地獄之門，打開通往天堂的大門。盡情享受。不要害怕，我在這裡，我知道自己在說什麼。妳最多只會再有這種感覺兩小時。」

「我會關上地獄之門，我會打開天堂大門，」瑪莉說。「但我知道，即使我能控制恐懼，妳卻無法控制妳的。我看得見妳的光暈。我可以讀妳的思緒。」

「妳說得沒錯，妳應該也讀過，它不會有什麼致死的風險，除非妳決定爬上高樓大廈，看自己能不能飛。」

「我知道。而且，我想藥效快退了。」

而且她知道自己不會死，身邊這位女孩本來就不打算帶她上什麼樓頂上，瑪莉心跳慢了下來，決定好好享受剩下的兩小時。

她所有的感官——觸覺、視覺、聽覺、嗅覺與味覺——已經融合為一體，彷彿她能夠同時體驗一切。戶外光線開始轉弱，既便如此，她仍然可以看到其他人的光暈。她知道誰在受苦，誰找到了幸福，誰很快就會死去。

一切都是新鮮的，因為她在伊斯坦堡，更因為她成了一位自己不認識的瑪莉，比她已經習慣了這麼多年，一起生活的瑪莉更為老成，更為鮮活。

天空的雲層越來越厚，警示一場即將到來的暴風雨，它們的形狀開始沒了意義，不如之前輪廓明確。但她知道，雲有自己與人類對話的密碼，如果她在接下來的日子裡認真觀察天際，她最終也會知道它們想表達的話語。

她不知道自己是否應當告訴父親為什麼她想去尼泊爾，但他們已經走到這裡，如果中斷就太蠢了。他們終將發現，隨著年齡帶來的限制，往後的日子就不能像這樣隨心所欲了。

她為什麼會對自己這麼不瞭解？一些不愉快的童年經歷回到她心底，它們已經不如往日如此不討人喜歡，不過就是經驗罷了。但過去，她卻非常在意，為什麼？

但最終，她不需要答案，她感覺到這些疑惑可以自行釐清。偶爾，在她望著彷彿圍繞著她的靈魂時，通往地獄的大門就從她面前掠過，但她卻一點也不想打開它。

在那一刻，她沐浴在一個沒有問題或答案的世界。沒有疑慮，沒有信念，那是一個沒了時間的世界，無論是過去或未來，一切只有當下，只有現在。有時，她感覺自己似乎有個老靈魂，但偶爾，她又覺得自己像個孩子，專心看著手指頭，納悶它們為什麼共有十根，以及它們移動的方式。她望著身邊的女孩，很高興她現在平靜多了，她的光回來了，她真的戀愛了。她之前問的問題毫無意義，當我們戀愛時，我們自己最是心知肚明。

兩人走回飯店時，已經是兩小時之後了，她知道荷蘭女孩決定要在城裡閒晃，讓毒品藥效過去，才能跟其他人見面，瑪莉聽到第一道雷聲。她知道神想找她說話，告訴她該回到這個世界了，因為她還有很多工作要做。她應該幫助父親成為作家，讓他實現夢想，好好在白紙上寫出黑字，而不是只為了交報告、寫心得或撰寫文章。

她需要扶持父親，正如他一路養育她那樣——這就是他的要求。他還有好多年可活。有一天，她會結婚，儘管到目前為止，她從未想過這可能性，但如今，她可以考慮過一個沒有規則或限制的人生了。

有一天，她會結婚，父親必須滿足於他的人生，做他想做的事情。她非常愛她母親，從不責怪她離婚，但她真心希望，父親也能找到能一路在這片神聖大地跟隨著他，共享一切的人。

當時她才頓悟，這藥物為何非法；這世界只能在沒有它時運作。如果它合法，人們只會更撤離到內心深處，彷彿在他們內心洞穴中，同時有數十億的僧侶在冥思，對他人的痛苦與榮耀漠不關心。汽車動不了，飛機再也無法起飛。地球沒有種子或收成，只有畏懼與狂喜。不久之後，人類就會殲滅殆盡，而始作俑者原本被視為一股清新純淨的微風，最後卻轉瞬成為足以造成集體毀滅的強風。

她屬於這個世界，她該服從神賦予她的指令——祂以震耳欲聾的聲音告訴她——繼續工作吧，幫助她的父親，對抗她目睹的錯誤，投入眾人的行列，跟大家一起為人生奮戰。

這就是她的任務。她會挺過去的。這是她第一次也是最後一次的啟靈藥之旅，她很高興旅程終於結束了。

當天晚上，同一群人齊聚一堂，決定到伊斯坦堡一家有賣酒的餐廳慶祝他們在當地的最後一天，大家可以大吃大喝，分享當天的經驗。拉胡爾與邁可也受邀參加。他們抗議這違反公司規定，但沒有太堅持就屈服了。

「不要叫我再讓你們待一天喔，我做不到，不然我就會被炒魷魚了。」

大家沒有再要求留下來。他們還沒走完土耳其，特別是安納托利亞，人人都說那裡非常奇妙獨特。事實是，大家已經開始懷念搭車時每日迥異的風光美景。

保羅已經從神祕的地方回來了。他替當天的晚宴盛重打扮，知道他們隔天就要離開。他懇求眾人的原諒，並解釋他想單獨與卡菈用餐。

每個人都理解了，默默祝福這段「友誼」。

❖

有兩個女人眼睛閃閃發光。瑪莉與卡菈，沒有人多問，她們也沒有解釋。

「你今天過得如何？」

他們找了一個可以喝酒的地方，而且已經喝完第一杯酒了。在他能回應之前，保羅已經建議他們先點餐。卡菈同意了。如今她終於成了一個真正的女人，可以在沒有毒品藥物的影響下，用盡全力去愛人，喝酒只是在慶祝罷了。

她知道等著她的是什麼。她知道他們會有哪種對話。從他們前一天晚上那場激烈熱情的做愛後，她就知道了；當時，她很想哭，但她接受了自己的命運，彷彿它早已寫好。她這輩子最想要的就是一顆點燃熱火的心，這男人在她體內時，已經把那顆心給了她。那一晚，在她坦言自己的愛戀時，他的眼睛並不如她想像中發亮。

她不天真，但她向來隨心所欲——她並沒有在沙漠迷路，反而有如博斯普魯斯海峽的水流，一路朝龐然大海前進，與所有河流交匯，她也永遠不會忘記伊斯坦堡，這位瘦弱的巴西男子以及他的談話，儘管有時她聽不太懂。他創造奇蹟，但他不需要知道這一點——否則罪惡感或許可能讓他改變心意。

他們又點了一瓶酒。此時，他才開始說話。

「我抵達那間文化中心時，無名男子已經在那裡了。我跟他打招呼，但他沒有回答；眼睛盯著某種東西，彷彿陷入恍惚。我跪在地上，試圖清空腦袋，開始冥思，努力讓思緒與那些跳舞、唱歌及禮讚人生的靈魂交流接觸。我知道他終究會脫離當下的狀態，我耐心等待——其實，字面上而言，我不是『等』，我讓自己沉浸在當下，並沒有特定在期待什麼。」

「擴音器要居民開始祈禱，那人恢復清醒，也開始進行一日五次的儀式。那時他才注意到我，他問我為什麼回去。」

「我解釋自己前一晚花時間思考我們的相遇，我想將我自己，無論肉體或靈魂，徹底交給蘇非派。我很想告訴他，我剛有了自己人生第一次做愛，因為我們在床上時，當我在妳體內，我感覺自己脫離了肉體的桎梏。那是我從來沒有過的體驗。但我想這個話題可能不太合適，所以什麼都沒說。」

「『去看詩人的作品，』無名男子回答。『這就是你需要的。』」

「我並不只需要那些，我需要紀律、規範，一個為神服務的地方，讓我可以與世界其他地方更親近。第一次去那裡之前，我對不斷跳舞，進入恍惚狀態的旋轉苦修僧很神往。現在，我需要我的靈魂與我共舞。」

「我應該等上一千零一天？很好，我會等的，同時，我應該已經徹底享受人生了，也許是我那些高中同學的兩倍。我可以獻出自己未來三年，最終嘗試進入那完美的恍惚狀態。」

「『我的朋友，蘇非派活在當下，他們的字典找不到**明天**。』」

「這我知道。我真正的問題是，我需不需要改信伊斯蘭，才能繼續。」

「他說，『不，你只需要做出唯一的承諾：讓你自己走上神的道路。在你喝每一杯水時，都能看見祂的臉龐。在你經過大街的每一位乞丐時，都會聽見祂的聲音。這是每一個宗教的教誨，也是我們該做的承諾——唯一的承諾。』」

「我說，『我仍然欠缺這方面的紀律，但有你的協助，我會抵達天堂與人間的交會——它就在每一個人的心裡。』」

「無名男子說他可以幫我，但我必須離開現有的人生，完全依照他的指示行事。在我沒錢時懂得乞討，時間到了就必須齋戒，服事痲瘋病患，為傷者清洗傷口。每天什麼也不做，就盯著固定一點，重複吟誦同樣的經文，同樣的詞句，同樣的文字。」

「『販賣你的智慧，為你的靈魂購買空間，讓絕對大能填滿它。因為在神面前，人類的智慧都是顛狂。』」

「當時，我開始懷疑自己是否做得到——或許他是藉此測試我，知道我是否能絕對服從。但我在他的聲音中，聽不見遲疑，我知道他是認真的。我也知道，我那走進綠色房間的肉體開始崩解，因為它的彩繪玻璃已經破碎，只能讓所有光線進入，毫不篩選，而且暴風雨就要來臨。」

「我知道我的肉體已經在那個空間，但靈魂仍在外面，等著結果。等待偶然時，我會走進那裡，看見人們旋轉舞動。一切都如同一場精心編排的芭蕾舞，如此而已，但那不是我要的。」

「我知道如果我不接受他提出的條件，下一次，那扇門我就打不開了——儘管之前我可以來去自如。」

「男子正在判讀我的靈魂，觀察我的矛盾疑慮，當時他沒有提供任何彈性——必須全選，要不就拉倒。他說他需要返回他的冥思狀態，我請他回答最後三個問題。」

「你會收我當門徒嗎？」

「『我會接納你的心，因為我無法拒絕——否則，我這輩子就白活了。我有兩種對神表達愛的方式：第一是日夜禮讚祂，獨處於這裡，但這對祂或我沒有特別意義。第二是唱歌跳舞，透過我的喜悅，展現祂的面容。』」

「『你要接受我當你的門徒嗎？』我問第二次。」

「『鳥兒只有一隻翅膀，就無法飛翔，蘇非派導師若不能分享，就什麼也不是。』」

「『你肯讓我當你的門徒嗎？』」我第三次問，也是最後一次。

「『如果明天你像前面兩天一樣走進來，我就會收你當弟子。但我幾乎確定你絕對會後悔。』」

卡菈斟滿酒杯，兩人互道乾杯。

「我的旅程到此結束，」他重複，或許以為她沒聽懂他剛才說的話。「我在尼泊爾不知道能做什麼。」

他承擔得住這位前一晚才告訴他「我愛你」的女人，即將帶來的淚水、憤恨、絕望、情緒及言語。

但她只有微笑。

「我從未想過我可以像愛你一樣愛人，」他們喝完酒之後，她又替彼此倒了一杯，然後開口。「我的心原本緊緊上鎖，心理學家也沒說對，也不是欠缺什麼化學物質，我難以解釋，但突然間，我的心就這麼打開了。我這輩子會永遠愛你。在尼泊爾、回到阿姆斯特丹，我都會愛你。等到我真的愛上另一個人，我也一樣愛著你，當然跟今天現在我的感受不太一樣，是另一種愛。」

「神——我不知道祂是否存在，但我知道我希望祂現在跟我們在一起，傾聽我的話——我請求永遠不要讓我滿足獨處。永遠不要讓我害怕需要某人的感覺，也不懼怕受苦折磨，因為最終極的酷刑，莫過於身處一間連痛苦都無法觸及的暗室。」

「人人口中所說的愛，大家樂於分享，為其傷神的那份愛，曾經讓我猶如墜入迷霧，但我現在看得更清楚了。有一位詩人曾經說過，『他帶我到一個沒有太陽，沒有月亮，沒有星辰，沒有大地，甚至嘗不到美酒滋味的世界。只有另一個人的存在，我終將找到他，因為你替我開啟了前方道路。』」

「『沒有雙腳，我仍然能行走，不用雙眼，我仍然能細看，少了翅膀，我仍然能翱翔。』」

保羅又驚又喜，他倆來到這個未知的世界，充滿恐慌與奇觀。在這裡，伊斯坦堡——他們本該造訪許多觀光景點——他們選擇深入探索自己的靈魂，沒有什麼比這更美好又令人欣慰的了。

他起身走過桌子，親吻了她，知道這違反了當地風俗，老闆或許會不爽——儘管如此，這個吻充滿了愛，而非肉慾；它代表了喜悅，不是罪惡，因為他知道，這就是他們的最後一吻。

❖

他不想破壞此刻的魔力，但他仍然需要問。

「妳有想到這個結果嗎？妳意外嗎？」

卡菈沒有回答，只是微笑，他再也不會知道她的答案——這就是真愛，所有的問題都不會得到答案。

他強調自己想送她上車，他已通知司機自己會留下來，多瞭解他需要學習的一切。有那麼短暫的時刻，他還想重複《北非諜影》那段話，「巴黎永遠在我們心中。」但他知道這主意很蠢，他需要趕快回到綠色房間，找那位無名老師。

巴士的旅伴假裝自己什麼都沒看見。沒人跟他說再見，因為除了司機——沒有人知道這是他旅途的最後一站。

卡菈一言不發地緊擁著他，卻能感受到他真真切切的愛意，就像那越見明確耀眼的光芒，彷彿清晨旭日東昇，陽光先掠過山巒，然後照耀城市，接著則是平原，最後則讓大海閃閃發亮。

門關上，巴士駛遠了。有更多的人說道，「喂，那個巴西小子沒上來！」但是車子開走了。

有一天，他會再見到卡菈，聽她敘述接下來旅程的故事。

結尾

二〇〇五年二月，保羅已經成了世界知名的作家，他到阿姆斯特丹參加一場重要的座談。當天早上，荷蘭當地主要的電視節目在他下榻的舊旅舍採訪他——它如今改裝成精品旅館，房價高昂，而且還有一間規模不大，卻倍受推崇的高級餐廳。

他再也沒有卡莅的消息。《一天五美元行遍歐洲》如今成了《一天三十美元遊遍歐洲》，天堂表演基地已經關了（多年後，它脫胎換骨，成為當地音樂表演的重要場地）；水壩廣場早就荒廢，如今只成了矗立幾根神祕方尖碑的廣場，他倒是從來都不知道它們的作用，他也寧願自己永遠不用知道。

他想要走過兩人曾經漫步的街道，到那間免費提供餐點的餐廳，但他身旁總是有人——座談會的主辦人。他想自己最好先回飯店，準備當晚的話題。

他隱約盼望卡莅知道他在這個城市，會翩然現身來找他。他想像她沒有在尼泊爾待上太久，正如他很快就放棄成為蘇非派的一員，雖然他確實斷斷續續堅持了近一年的時間，學會了一些他一生受用的東西。

座談時，他提到了本書的部分內容。說到一個段落，他忍不住問道：

「卡菈，妳在嗎？」

沒有人舉手。也許她在，或許她根本不知道他會到這個城市，也有可能她就在現場，卻寧可不要重溫往事。

這樣也好。

日內瓦，二〇一八年，二月三日

作者後記與感謝

本書人物真實存在，但是——除了其中兩位——我更動了他們的名字，因為根本找不到他們了（我只知道他們的名字，不知道姓氏）。

蓬塔格羅薩冤獄事件（一九六八年）我取材自另外兩位人士，我是在軍事獨裁時期（一九七四年五月）認識他們的，當時我替人寫歌。

我要謝謝我的編輯小瑪蒂納．鈴木；我的經紀人暨好友莫妮卡．安圖內斯；和我的妻子，視覺藝術家克莉絲汀娜．奧伊蒂西卡（她畫出完整的魔法巴士路線圖）。我寫書時，會封閉自己，幾乎不和任何人說話，我不喜歡談論書的內容。克莉絲汀娜也假裝什麼都不知道，我也假裝相信她什麼都不知道。

藍小說 296

嬉皮記

作　者—保羅．科爾賀
譯　者—陳佳琳
編　輯—張瑋庭
封面插畫—Cinyee Chiu
地圖插畫—Christina Oiticica
美術設計—Bianco Tsai
內頁排版—極翔企業有限公司
副總編輯—嘉世強
董 事 長—趙政岷
出 版 者—時報文化出版企業股份有限公司
108019臺北市和平西路三段二四〇號三樓
發行專線—（〇二）二三〇六—六八四二
讀者服務專線—〇八〇〇—二三一—七〇五
（〇二）二三〇四—七一〇三
讀者服務傳真—（〇二）二三〇四—六八五八
郵撥—一九三四四七二四時報文化出版公司
信箱—一〇八九九臺北華江橋郵局第99信箱
時報悅讀網—http://www.readingtimes.com.tw
電子郵件信箱—liter@readingtimes.com.tw
法律顧問—理律法律事務所　陳長文律師、李念祖律師
印　刷—盈昌印刷有限公司
初版一刷—二〇二〇年九月十八日
定　價—新臺幣三六〇元
（缺頁或破損的書，請寄回更換）

時報文化出版公司成立於一九七五年，
並於一九九九年股票上櫃公開發行，於二〇〇八年脫離中時集團非屬旺中，
以「尊重智慧與創意的文化事業」為信念。

嬉皮記/保羅．科爾賀（Paulo Coelho）著；陳佳琳譯．－初版．－臺北市：時報文化, 2020.09
面；　公分．－（藍小說；296）
譯自：Hippie
ISBN 978-957-13-8363-7

885.7157　　　　109013256

ISBN 978-957-13-8363-7
Printed in Taiwan